ぶえんずし（本文９頁参照）

春野の弁当
●浅蜊入りちまき　●からし蓮根　●蓬と紅の染分け魚団子　●そら豆入り卵焼き　●こさん竹の含め煮　●大和芋さくら煮（砂糖味）

花野（茶巾しぼり）
百合根とグリーンピースをやわらかく煮て裏ごしし、淡く上品に甘味をつけて茶巾でしぼる。

鰻の山椒煮
素焼きした鰻（市販のもの）をさっと茹でこぼし、油を抜く。山椒の実（佃煮でもよい）といっしょに、濃いめの下地で、照りが出るまで煮詰める（フタをしないで）。

ひいな団子

●花びら団子　赤じその汁で団子生地を染め、蒸して、牛蒡を蜜煮し、その汁でミソ少々を加えた漉し餡をとろりとさせ、団子を二つ折りしてはさむ。●蓬団子　摘んできた蓬をすりつぶして団子生地にまぜ、同じ餡をつつむ。＊団子生地は上新粉と白玉粉を好みの分量で。

薩摩地鶏の梅酒煮

鶏肉は水煮し、ひたひたの下地（梅酒を多く、うす口醤油を少し）を加え、飴色につやが出るまで弱火で煮詰める。あまった下地でにんじんを煮る。

若夏のすし、花にがうり

●太刀魚ずし　みりん干しの太刀魚をあぶり、酒と酢を煮立てた汁に一夜つけて押しずしに。●茗荷ずし　さっと熱湯をくぐらせた茗荷を三杯酢につけて色出しして、ひと口すしにつくる。●花にがうり　厚めに輪切りしたにがうりをいため、鉄火ミソをのせ、黄身を裏ごししてのせる。

ふつうの白和え

三つ葉（野生のを）、にんじん、木綿豆腐。＊いりたてのゴマをよくすりつぶし、香りの立っているのを使う。

笛ふき鯛の煮付け

家人が釣ってきて、何だ何だと魚の図鑑をみんなでみて、笛ふき鯛とわかった。魚屋ではあんまりみかけない。りっぱな姿をつくづくみるため、煮付けにした。

春鯖のすし

血合いをよくとった鯖の骨を抜いて、強く塩をふり、４時間くらい置く。酢で洗ったあと昆布にくるみ２時間以上置き、棒状ににぎったすしめしをのせて布巾で巻き、形がしまってきたら切りわける。生姜を昆布と魚の間にきかせてつくるのがうちの味。すしめしの加減はご自由に。

わっぱ弁当
「春野の弁当」の笹の葉をはずして、ちがう弁当籠に。ピンクのおにぎりは浅蜊と梅干しの赤ジソ汁で、淡い塩味。もひとつはグリーンピースごはん。そら豆入り卵焼き。そえた花は山うつぎ。

お酢のもの
キュウリとワカメ、茗荷。甘味はつけない。酢っぱい加減が、とれたてのワカメに合う。

鮎の名残り焼き
旬をすぎた鮎を落ち鮎というが、落ち鮎といえばかわいそうなので、名残り焼きとした。開いてうす塩をふり、一夜、風干しにして焼くと、ひらりと口の中でとける感じがする。

筍と石蕗の含め煮
九州の野草石蕗。春先から4月いっぱいしか食べられない。皮をむき茹でて灰汁をぬき、筍とともにじっくり煮含める。濃い出し汁でうす塩加減に。

らっきょうの即席しそ漬
塩漬けらっきょうを1時間くらい新梅干の汁に漬ける。

「春野の弁当」の別つつみ
（山奥の小学校の廃校でたべた）

イギリス羹

●イギスという海藻を米糠の汁で煮とかして固める。お菓子味にしたり、味をつけずにゴマ醤油でたべる。味をつけないとき、磯ごんにゃくという。

●枝豆スープ（カップ）　●大根のお千代巻き（中味はうすい三杯酢にした赤キャベツ、青ジソ、キュウリ）

タン・シチュー

（本文41頁参照）

射込みサラダ

ふつうのジャガイモサラダをつくり、湯むきしたトマトにつめて切る。

田植えの煮染
手前のほうは右から、イギリス羹、小海老のかき揚げ、しいたけ。小海老のかき揚げは、卵の衣でふわふわに仕上げる。

独活とりんごのサラダ
*ほんとうは、酢味噌和えがおいしい。

おしぼうちょ
天草地方の煮込み風手打ちうどん。(「あとがき」参照)

エノキ茸のサラダ
オリーブ油、うす切り玉ネギ少々をさっといため、酒、塩で味つける。レモン汁をふりかける。

枝豆豆腐
ゴマ豆腐の要領で。

炊きおこわ（新米のおいしいうちに）

粳米10に対して、糯米３の割合でひと晩水に漬ける。小豆は半煮えくらいに茹でる。ぎんなんは鬼皮をとり、色よく煎る。米と同量の水で小豆を入れて炊き、割ったぎんなんをまぜ、全体にニガリ塩をふる。

ゆずと昆布の味噌漬

天気のよい日、ゆずの中味をとり、皮に軽く塩をふって２日くらい陽に干し、水分を吸わせ味を出すため昆布を入れる。赤唐辛子も。９カ月たってあげてみた。

テリーヌ風女郎花

百合根を静かに煮てうす味をつけ、寒天を煮溶かし、卵を溶いて、百合根と共にかきまぜ冷ます。＊合鴨と花麩は既製品。

薩摩黒豚香り焼き
豚はニガリ塩と好きな香り野菜、黒コショウをたっぷりまぶしつけて、１週間冷蔵庫内で漬け込む。厚手の平らな鍋でゆっくり焼く。

牛蒡といんげんの含め煮
牛蒡は大きめの煮干しの出し汁でゆっくり煮る。

鰯の昆布〆め
三枚に下ろした鰯に塩をふり、汁が出たあとこぼし捨て、酢洗いにして昆布で〆め、１時間以上置く。酢醤油と下ろし生姜でいただく。

祝い鯛（その１　本文108頁参照）
●鯛　背開きした鯛のお腹に軽く塩をし、粉をふり入れ、味つけした豆腐をつめ、真ん中を糸でしばって揚げる。●あなごの牛蒡巻き　●曙羹（鮭、百合根、抹茶の寒天寄せ。ほんのり甘めに）

正月のお重
●手前より一の重　鯵ずし、カニずし、真ん中は桜ずし。 ●二の重　左より手作り辛子蓮根、かまぼこ、鶏のむしもの。 ●三の重　百合の蕾のきんぴら、鮭の昆布巻き、筑前煮。

うちのお屠蘇膳
宗和台と素焼土器は100年くらい（？）前のもの。

雑煮
牛蒡、合鴨、にんじん、菜の花。昆布、カツオの下地で牛蒡を煮て、牛蒡の味もだし汁に感じられるようにするのが好きです。

祝い鯛（その２）
気に入った花器が3000円の特価だったので、わっと思って買い、おままごとしたくなった。●鯛は家人が釣ってきた。塩焼きにした。●スモークサーモンの手まりずしと蕪の千枚漬。千枚漬は切り揃えるのがむずかしい。●寒天寄せの中のえびは茹ですぎぬよう、タイガーえびを酒で蒸す。

口取りいろいろ（十五日正月）
器が先にあって、のせるものを考えた。あしらった花はろう梅。この花を赤い台にのせてみたくて、いろいろつくった。（桃の節句には白桃の蕾をそえて。）●向こう左は信田巻き。右は花型にした大和芋蜜煮。●右手前は「祝い鯛（その１）」の曙羹。

かぶら汁
酒とうす口醤油で下味をつけた皮ハギの身に葛をまぶして茹でる。好みの下地をつくってそそぎかけ、赤蕪をすり入れる。

道草
大和芋と海老のすり身のカナッペ。下に敷いたのは庭の野ぼたんの葉と、石蕗の花。

夕茜
いただいた富有柿が熟してきたので、もったいなくて、漉して、寒天で寄せた。柿を少なくすると、ヘルシーなおやつになる。あしらったのは、散歩道の野菊。

中公文庫

食べごしらえ おままごと

石牟礼道子

中央公論新社

美食を言いたてるものではないと思う。
考えてみると、人間ほどの悪食はいない。
食生活にかぎらず、文化というものは、
野蛮さの仮面にすぎないことも多くある。
だからわたしは宮沢賢治の、
「一日ニ玄米四合ト味噌ト少シノ野菜ヲ食べ」
というのを理想としたい。
もっとも米は一合半にして、野菜と海藻と
チリメンジャコを少し加える。
食べることには憂愁が伴う。
猫が青草を嚙んで、もどすときのように。

目次

食べごしらえ おままごと

ぶえんずし

貧乏、ということは、気位が高い人間のことだと思いこんでいたのは、父をみて育ったからだと、わたしは思っている。

まったくこの人は、ほんとうにどん底の人だったけれども、卑屈さのかけらもなく、口惜しまぎれの言説というものも吐いたことのない男だった。口をついて出てくることは、全身これ人間的プライドとでもいうべきものに裏打ちされていた。

思い出してもおかしさがこみあげるが、なにか正論を吐かねばならないようなとき、居ずまいを正してこういう名乗りをあげるのである。

「ようござりやすか。儂《わし》ゃあ、天領、天領天草の、ただの水呑み百姓の伜、位も肩書もなか、ただの水呑み百姓の伜で、白石亀太郎という男でござりやす」

痩せた反り身になった男が、そう名乗りあげて、ひと膝、ふた膝にじり寄る。すると相手はもう気を呑まれて、両手をあげ、

「わかった、わかり申した。白石さん、儂が悪かった、先はもういうて下はりますな」ということになってしまう。

この天領天草の、天領というのをどういう意味あいで使っていたのか今もってわからない。幕藩体制下の、どこの藩にも属さない幕府直轄の支配地を天領と言うが、幕府直轄の地の百姓だから位が高い、と言っていたとも思えない。でないと、弱者たちへの無限抱擁ともいうべき心やりが解せないのである。喧嘩の仲裁にも頼まれてよく行った。

死なれて二十年近くなるが、あらためて感嘆するのは、わたしの祖母、すなわち、父には姑に当る人への心づくしである。そうするのが当り前と思ってわたしは育ったが、あたりを見まわすと、ほとんど例がない。

この祖母は母の親なのだが、母が十歳の時分に盲目となって発狂した。わたしが物心ついたときは、町中を彷徨する哀れな姿だった。町や村の厄介者、いわんや、考えようでは家の荷物であったろうに、父がこの祖母に対する物腰、言葉遣いは、もっと

も畏敬する人に接するようにものやさしく、丁重であった。本性を失った祖母は娘の婿に、少し遠慮したようないんぎんさで、応じていた。

人並みを越えた剛直さと、愛する者には笑みくずれてしまうような、情の厚い父だったが、この人はまた何でも創意工夫して実践する人でもあった。廃材を使って家を造りあげるかと思えば、食べごしらえや、繕いもの、洗濯にまでも手を出して、工夫をこらす。女房の領分に手を出す、ということでもなくて、「物事の根本はなにか」と常々口にしていたように、「物事の根本」のところから考えを組み立て、おのが手で、うつつに見える形にしてみなければやまないたちだったのだろう。

没落して差し押さえに逢い、わたしの雛人形まで持ってゆかれて、父にはこたえているらしかった。歳時記風な家のまつりごとをじつにきちんとする人で、節句を前に腕を組んで考えこんでいる風だったが、ある日喜色を浮かべてこう言った。

「よかよか、作ってくりゅうぞ。お内裏さまをばな」

わたしが小学一年のときである。家が他村に移る年だった。下絵を描いてみせたので、お内裏さまが一対ということがわかった。反物紙と言っていたが、今でいえばボール紙だった。それを絵の素描どおりに切り抜いてうすい綿をのせ、端裂《はぎれ》を当てがってくるんでゆくのである。顔は白い生絹《すずし》の布、髪は黒繻子の半衿のお古を切ってくるむ。さらに衿元をいろいろ重ねてやって、袖やら袴やらを型どおりにつないで台紙に張ってゆくのだけれども、女雛の衣裳は花模様をと母も手を出し、わたしも手を出して、押し絵のお内裏さまが出来あがった。

出来た出来たと親たちが喜ぶのをみて、子ども心にその雛は、持ってゆかれたのとは段ちがいに素朴すぎる気がしたが、親のせつない心はよくわかり、前のがよかったと思いかけて申しわけなかった。

三月の節句のたびに、父母の手作りの雛はふえ、つまり弟妹たちもふえたわけだったが、あの雛たちはどうなったことだろう。戦時中のどさくさでなくなったか、しばらくは桃の節句がくるたびに押し入れから出し入れしていたが、鼠にでもかじられたのかもしれない。お雛さまがなくなっても、三色菱餅だけは母が元気なあいだは搗《つ》いていた。

十三ぐらいになってから、父が包丁のとぎ方とともに手ずから教えたのは鯖の「ぶえんずし」である。三枚に下ろしたとき、身の割れない平鯖を使わなくてはならないと言い、この時の振り塩は必ず焼かないといけない。塩を焼くのは、魚の生臭みをよりよく抜くためだ、と言った。

料理人でもない人が、こういうたぐいのことをよく言った。非常にひらめきのある人だった。それとも、「天草の男衆《おとこし》たちは料理がみんな上手ばい。物事のあるときはみんな寄って、美しゅうに盛りつけて、女衆《おなごし》にご馳走しなはるよ」と母がおっとりしてよろこんでいたから、男衆仲間の言い伝えがあったのだろうか。

「ぶえんずし」とは、無塩魚のすしの意だと、南九州沿岸部のものならすぐわかる。すしに無塩の魚とは異なことと思われそうでややこしい。

わけはこうである。鮮魚などの流通機構が今のように発達していなかった昔、青魚類のまんびき（しいら）や鯖やブリ、まして鰯は、まっしろけになるくらいな塩を振りこんで、山間地などに運んでいた。とれたての無塩の魚の刺身などごく限られた海辺の者しか食べられなかった。海辺の者だとて小鯵などは、骨ごと背切りにして、畠から取ってきた青唐がらしを歯の先でちびちび噛み合わせて肴にするとか、びくびくしているのを鍋にほうり込んで食べるのが、手間もかからずうまくもあるので、すしなどに手間ひまかけるのは、舟おろしや祭のときか、町のヒマ人の仕事だと思われていた。

父はヒマ人ではなかったが、念者で、手間ひまかけるのが好きだった。

厚手のフライ鍋で炒った焼き塩で三枚に下ろした鯖をしめ、酢と昆布でしめる時間は、魚の厚みによるから一概にはいえない。酢で肉の表面が白くなったのをそぎ切りしてみると、切り口の外側がぐるりと薄く固まって、中の身が刺身の色を残して玉虫色になった頃あいが、酒の肴にもすしにもよいのだと教えられた。〆鯖好きに食べさせてみると、やはり食べ頃をわかっていらっしゃる。

「ぶえんずし」と我が家では言っていたが、薩摩の方では「かきまぜ」というらしい。すし飯の中にしめた鯖を刺身よりややうすくそいで混ぜこむのである。季節の薬味を入れるのも楽しみだが、このすしというと、顔がほころぶのがまわりにいて、ことに老い先短い叔母が畠から帰っていればよろこぶだろうと、丼に布巾をかけて持ってゆくときなど、ある感慨があり、いわくいいがたい。

盲目の祖母がきれいに座って、父の作ったすしを、こぼさずに上手に食べていたのを思い出すからである。

亡き母が、最後にごはんらしいものを食べたのも、妹が作ったこのすしだった。その時は鯖ではなくて鯵のすしだった。

十五日正月

薬湯の香りが家中に漂っていた。

まだうら若い母の体臭とそれはいれまざって、うるおった空気が、貼りかえたばかりの障子や、床に置かれた高脚の宗和《そうわ》台や御器椀《ごきわん》類を、しっとりと落ちつかせていた。

三番目の男の子が生まれたのに、五日目の晩には死んでしまい、母は産褥の床での正月を過ごしていた。

よろこび事が悲しみ事に変わってしまい、大人たちには、気落ちした正月だったろうに、なにか充溢した、ものやわらかな家の中だったように思い出される。

黒と赤とに塗り分けられた宗和台の一つには、昨日ははみ出しそうな勢いで焼き鯛が躍っていたのだが、近所の女衆たちに貰ってゆかれて、いつもの年よりは小ぶりの餅飾りが、形ばかりに供えられている。餅の上に載せられた小さな長島みかんが、ひときわ芳香を放って、薬湯の香りといれまざっていた。

忌中ではあるけれど、子供たちのために、十五日正月はちゃんとやる、と父が言いだして、

「餅もあんまり、音がせんように搗こう」

ということになり、お供えも地味なものになったのだった。

「この世には、五日しか居らじゃったが、弟じゃけん、しんからお参りしようぞ」

大人たちにそう言われて、わたしは紐解きをすませたばかりの弟と並んで、小さな位牌に手を合わせた。

「来年は、三人並んで手を合わせるところじゃったろうに」

後ろに座った大叔母たちが目頭を拭いている様子がわかる。

前々夜まで、花のほぐれるような賑わいが三日ぐらい続いていた。気の早い男衆たちが、名付けのお七夜も来ないうちから、樽やら鯛やらを持ちこんでいたのである。

「ほうお、こりゃ美しか嬰児《やや》さまじゃ」

母の産褥を囲んで幾重にも声があがり、ものやさしい、歌うような大叔母たちの天

草弁が、ことにも赤子の誕生を寿《ことほ》いでいるようだった。

なにかといえば舟を仕立ててやってくる三人の大叔母たちは、背丈もとりどりながら、いつも鬢《びん》を少し張らせたようなきちんとした小さな髷に結っていた。黒繻子の衿をかけていたり、町ではみかけないリリアン飾りの薄紫のお被布を着ていて、姿形も挨拶言葉も図抜けて品がよく、産褥にある主婦の家の、家刀自がわりに敬われていた。

人のよく集まる家の、そんな祝い事には、下働きの女衆たちの、心のたけをいそいそ打ちあけるような「喜び言《ごと》」の挨拶がすむと、彼女らは束髪の髪に姉さま被りをして、袂に畳んで入れて来た襷《たすき》をとり出すのだった。

藍の絣や縞の仕事着に前かけをつけ、襷をあやにかけると、その細い紐だけがメリンスの紅色だったり、水色だったりする。全体が地味なつくりの中で、紅の襷にからげあげられる袖口が、ことに若い色の白いお君さんだったりすると、

「撫でて、もぞがろうごたる」

などと男衆たちにほめられる。

この世に五日しかいなかった赤子が死んだ日にも、袖をたくしあげた女衆たちの、大根を刻んでいる腕や物腰のせいで、なんだか賑わいの日であったように思い出す。

米をとぐ音やポンプをつく音、薪のはぜる音、そして表を通る馬車や下駄の音、いっしょくたにすれば、わいざつなようだが、そうではなくて、この頃の生活の音というものは、時代の色調の渋さや空気のやわらかさに包まれて、まるでモノクロ画面の町並みが動きはじめるように、一つ一つが人々の心の影をともなって、音もそれぞれ生きていたのである。

鉄の大羽釜《おおばかま》の中に白い米が音を立ててこぼされる。がっしりと皺の重なった手がそれをとぐ時、年輪というリズムが釜の中から湧いていた。大叔母のお高さまは女丈夫で、掌も大きかった。

三升炊きの大釜を三和土《たたき》にすえ、わっしわっしと米をといでいるのに、五つになったばかりのわたしが手をのばす。

「あら、お雛さまかと思うたら、道子の手かえ。おまいさまもといでみるか」

返事をする間に袖口が濡れる。

「よしよし。まずそれじゃ、襷をかけて貰わずばなあ」

床の上に座って土間の賑わいを聴いている母のもとにゆき、「たすきばかけて」とねだる。薬湯と乳の匂いをまだ残しながら、母は笑みこぼれた。

「米、とがせてもらうとち。まあ、よかったねえ」

そして正月着の袂を、水色鹿の子のしごきでからげてくれる。「手拭いも」とねだって、姉さまかぶりにしてもらう。

「おお初襷じゃ。道子の、ことはじめじゃ」

女衆たちが仕事の手をとめ、「おしゃらしさよ、まあ」と微笑ってくれる。

「ほう、ほう、支度は上等ばって、羽釜の中にかやりこむなえ」

躰《からだ》に似合わぬやさしい声でお高さまが言うので、台所中が笑みこぼれた。ほとんど抱きかかえられて、大叔母の偉大な掌とリズムに合わせて米とぎをする。食べごしらえ、そのことはじめだった。

「背中で襷の躍りよるよ、まあ」

女衆の誰かが、はやしかけるように言った。台所頭のおみや小母さんは、祝い事、無常事《むじょうごと》にかかわらず、使いなれた俎《まないた》持参で加勢にかけつけた。嫁に来てから五十年、使いこんだという俎は、やせて黒ずんだ馬の背さながら、両脇はそげ落ち、真ん中にでこぼこの骨が通っていた。

俎というより、五十年かかって菜切り包丁や出刃包丁で刻みあげた彫り物といってもよかった。小母さんはその骨のでこぼこを利用して、ほとんど名人芸のごとくみごとに、大根や漬物を刻むのである。なぜ、まっ平らな新しい俎に買い替えないのか、と咽喉まで出かかっている女たちも、その包丁さばきを見るや、口をつぐまずにはいられない。

俎の音といってもそんな具合の音もまじり、女衆が寄って食べごしらえをする日のことを、表を通る人たちは、

「賑わい事のあるばいなあ」

というのだった。酒にもならないうちから俎の音を聞いて、どのくらいの賑わい事になるか、判断されたのである。

米とぎをほめられて、わたしはお君さんがキビナゴの尾引きをやっているのに目をつけ、細い愛らしい魚を十匹ばかり分けてもらった。

「今度は、ままんごな、内緒ばい」

片目をつぶってお君さんが囁いた。見よう見真似で頭をとりワタを抜き、頭のつけ根から骨にそって尾の方へと身をさきおろす。長い間かかってふやけてしまったが、出来上りを刺身皿に盛り、母の床に持って行く。

「んまあ、道子が襷がけで、小《こ》うまか指して、尾引きをつくってくれて。白うなってしもうとるばって、御馳走になろ、みんなで」

目を細めながらひときれずつ、大人たちが食べてくれた。

食べごしらえ、ことはじめの日だった。

草餅

ひと月も早く、列島規模で春が来るようだと新聞が書いていた。二月に入ったばかりなのに、四月中旬の暖かさとか。なんともわたしは落ちつかない。

このバカ陽気ではあちらの沢、こちらの峠の蕗の薹《とう》は、とっくに出てしまったろう。行ってたしかめたいが、このところ膝を痛めて山にゆけない。

仕事場の生垣の根の蓬も、嫁菜も三ツ葉も摘みごろだけれど、ときどき、〝薬〟がかかるようだから、うっかり摘めないでいる。

梅も時ならぬ頃に全開して散ってしまい、花屋さんに菊と菜の花が一緒に咲いているのも奇妙である。コートを脱ぎ、セーターも脱いで暖かいのに、春が来た、という気がしないのはなぜだろう。たぶんこれは、地球の温暖化現象というものかもしれない。このぶんでは桜の満開ごろに、忘れ雪がどっと降るにちがいないなどと思っていたら、今日あたりやっと、綿入れちゃんちゃんこを取り出す寒さが戻って、ほっとした。

どうもまやかしの春のようで疑わしいのは、早春というのがここ近年、どこかへ行ってしまったからだろうか。冬でさえも切れめなく八百屋にある苺や、色のうすいトマトをいつもみているので、早春の訪れというのが、感じられなくなっているのかもしれない。

子供の頃は、草の道や青芽の揃いはじめた麦畑に、わりわりと霜柱がたっている上を歩いて、足の指に霜焼けなんぞをつくっていたが、思えばきびしいあの寒気の中で、自分も一本の芽であるような感じをわたしは持っていた。

明日よりは春菜《わかな》摘むと標野《しめしの》に
昨日も今日も雪は降りつつ

年頃になって、万葉の中にこういう歌を発見すると、胸の疼きのように幼時の気分が重なった。冬枯れの道のべには、ひしゃげた形のオオバコの芽が点々と出ていたし、山裾をめぐる小川のここかしこには、お陽さまの光をそこだけ集めたような、緑の群落が見受けられた。遠目にもそれは、川高菜《かわだかな》や芹のこんもりと密生したもので、鎌でざくざく刈り取ってもよさそうなほどに、瑞々と育っているのだった。

霜柱が消えぬ外気の中でも、芹の根元の水に入れば暖かかった。丸い形の若菜の群落に雪が積む日には、水面《みなも》から陽炎のような蒸気が漂い、子供ごころにもそれは融和感のある眺めだった。大地はその体熱で、たった今まで懐深くこの水を抱いていたのだということが、ほとんど生理的に感ぜられた。

たとえて言えば、大地の胎内の暗い暖かいところにいたもの同士が、地表の出口で、ひとつ流れにとけ合っている中にこちらも抱きとられている感じだった。そういうときの全身に触れて来る、固い清冽な外気があの、早春というものだった。

わたしの家でも近所の家でも、女たちは若菜摘みに出かけた。母は蓬を、父はクサギ菜やタラの芽を好んで摘んだ。実科女学生の叔母が、嫁菜を摘みながら早春賦をうたっていたので、ものごころついてわたしが最初に覚えた歌は、早春賦である。人の子の親になってからは、息子を連れて野にゆくようになり、その子も親になって離れていったあと、山恋い野恋いがいよいよつのる。

畑にはまだ、大根も春菊も巻き菜もあったのに、どうして野の草を摘みたかったのだろう。芽立ったばかりの蓬や、嫁菜の小さく光った葉先の、掌の内にふれる愛らしさを、どういったらよいか。

「氷とけさり葦はつのぐむ」という早春賦の、つのぐむという感じはなんと絶妙な感触か。ひとつひとつが、野の飛沫を浴びるような鮮烈な香りである。幼い掌の窪にこんもりはいってしまう春菜《わかな》たちは、色も形も香りも截然《せつぜん》とちがうのだけれど、地に低く入れまざって、野山の青は、まだくっきりしない表情をしているのだった。

思えば歳時記風の行事を、とりわけ大切にする家だった。行事ごとに蓬を中心に、なんらかの野草をまじえた食物を神仏に供えた。

七草の粥も早朝まずお供えしたあと、年の順に盛り分けていただいた。小さい頃はその味わいはわからなくて、儀式的な神饌《しんせん》食だと思っていた。この粥の草摘みは田の畦にゆくことが多かった。あるかなきかの芽を指さして、「これが蓬、これがすずしろ」と小さな子が覚えて摘めるまで教えられた。野蒜《のびる》を面白がって採り集めたものを、煎じて呑まされた覚えがあるが、扁桃腺でも腫らしていたのだろうか。

父はこの粥を、ことのほか厳格に作らせた。おかしなことに頂くときは、ほとんど床の中だった。正月酒をのみすぎていたにちがいない。熱いのを盆に捧げてゆくと、居ずまいを正しながら起きて言うのである。

「七つの草を頂くというのは、いのちのめでたさを頂くことぞ。一年の祈りはここから始まるのじゃけん、しきたりはちゃんと守らんばならん」

それから、いかにも尊いものを頂くような面持ちになって、箸をとる。

この粥を半ばくすぐったそうに作っていた母の気持ちを今考えると、焼酎を呑みすぎる二日酔い殿の言い訳と思っていたのかもしれない。母は三月節句の草餅づくりに、たいそう張り切った。幾日も前から蓬を茹であげて、庇の上や、庭のかい、から藷ガマのとんがりのぐるりに、大きく丸めて干し並べる。四十も、五十も、である。そんなにたくさん、と、まわりから言われぬうちにこう言った。

「五月の節句もすぐ来るし、田植えもじゃろう。梅雨あけの半夏《はんげ》の団子にも要るし、七夕もなあ。そしてすぐ盆じゃろう、十五夜さんじゃろう。正月にはまだ足らん」

餅も団子も二斗ぐらい作らんば、人にさし上げようもなか、と言う。餅搗きも団子の時期も、準備が大ごとだった。いやいや、田を植え、草を取り、麦の種をまいて刈り入れるとき、小豆や夏豆を植えて穫《と》り入れるとき、すべてすべて、餅や団子を作るたのしみのため、汗を流していたといってよい。たとえば小さなわたしが畑についてゆき、麦踏みをしたがると、もうすぐ唄語りするように、囃しかけるのである。

ほら、この小麦女《じょ》は、
団子になってもらうとぞ、
やれ踏めやれ踏め、
団子になってもらうとぞ。

幼いわたしはそっくり口真似して、二人は畑で踊っていたといってよい。写真を出してみる。若き母は天女のようにあどけない。小豆や夏豆の時期にはこう囃した。

ほらこの豆は、団子のあんこになってもらうとぞ、鼠女《じょ》どもにやるまいぞ。

即興詩人だった。小さな子は鼠女どもにやるまいぞと、つけて言い、大切なあんこの、豆がらの束を担いでかけまわった。小麦も鼠も人間も、団子もあんこも同格になって、母のささやき語に出てくるのだった。普通ではない母親を抱えながら、天性うららかなところがあったが、晩年は唄わなかった。その胸の内をおしはかりながら、教えてくれたとおりに蓬餅をつくる。本など一冊も読めなかったその言葉を、たぐり寄せながら。

どの季節でもない、早春の気配を聴く頃にだけ、一種鮮烈な感情が胸をよぎるのはなぜだろう。去りゆく冬と一緒に、振り返ることのできない過ぎ来しを、いっきょに断ち切るような断念と、いかなる未来か、わかりようもない心の原野に押し出されるような一瞬が、冬と春との間に訪れる。それはたぶん、かりそめの蘇生のときかもしれない。

だから上古の時代から、人びとは春菜《わかな》にたくして、遠い未来や近い未来を祈ったにちがいない。わたしの父や母のように。

山の精

宮崎と熊本の県境近くにある山寺の、若いお坊さんから、独活《うど》の青芽をもらった。留守をしていた間に、どさっという感じで勝手口に置いてあった。

夕方の小暗い板の間に、畳半畳ほどにも青々のびのびと枝を曲げているのを、ひとめみたときは、なんだかぎょっとした。わたしの腕ほどの根っこである。八百屋にはこういう感じのものは置いてない。

つくづくと眺めて、独活であることがわかったけれども、山の神さまが化けていらしたのではないか、と思ったほどだった。

たとえば樫の若芽とか、杉の枝葉を伐ってきて置いてあったとしても、山の神さまの化身とは思わない。

棘ではないが、ごわごわとした茶色の生毛《うぶげ》が、茎にも根にも、葉のつけ根にも斑痕めいて密生している。土に埋まっていたところだけが、八百屋さんでみる独活の色をしているが、茎のすべてはたけだけしいほどな緑色で、枝先の芽という芽が肉太である。

山野の精気を、根にも茎にも芽の先にもぎっしり詰めながら育って、勢いあまり、たわわな形にそれぞれの枝が反っている。

川口に住んでいるわたしは、大木になった独活というのを、しかとみたことがなく、食べ頃の自生の独活というのにも、そうそうおめにかかることがない。板の間に置かれてあった独活は、木にあらず草にもあらず、ひどく野性的で、はなはだ面妖な何ものかであった。

腕組みして向きあう感じになって、とみこうみするうち、芽の固まりは、ぶった切って天ぷらにしたら、揚げ甲斐がありそうに思えた。山の精気に挑まれているような気がしきりにする。

皮と葉っぱを絶対に捨てないで、キンピラにしてくださいと、くだんの僧からくれぐれもいわれた。

前回いただいたときそれを信奉して、大ぶりのささがき風にして、いためてみたら、極上の香りはするのに、えらく筋だらけで、固かったのである。

このくらいの大きさに切ったのよ、と指で示してみせると、ケンタ、と名乗るこの人が、やせた躰を海老のように折り曲げながら泳ぐような手つきになって、

「ああっ」

と声を出した。

「そりゃダメ！　そりゃダメです！　それじゃ、筋が固かです。筋ば刻まんといかんです。わはあっ、もう」

と念を入れて嘆かれてしまった。この人まだ三十前なのに料理の天分がある。

「ああそうか、コノシロの、骨切りの要領でやるわけね」

海辺のわたしは魚をこさえるやり方でぴんときて、そう答えた。

皮と葉っぱをとったあとの芯の部分をカツラむきにして晒し、お吸物に入れたり、短冊にして酢味噌にしたり、ドレッシング和えにもしてみたが、よく晒したものを木の芽味噌で和えたものが、わたしの舌にはよく合った。いちばん独活らしい味と香りと舌ざわりだった。

それでいよいよ、昨日から水に晒しておいた皮というか筋のところと、葉っぱや細い茎を骨切り風に刻み、キンピラに作った。

カツオと酒との醬油味にして、砂糖は入れない。ゴマ油にしようかと迷ったが、両方ともくせが強すぎるので、菜種油で炒めてみた。五月の山の強烈な芳香だけれど、あの野性のたけだけしさがどうしても歯の間に残る。やっぱりこれは、山の神さまの精のものを、刻んで食べてしまったかしら、と思ったりする。

ケンタくんの説によると、山寺に来る人たちは、独活の皮のキンピラをことのほか好まれるとのこと。ひ弱なわたしなどより、精神の咀嚼力が、お強いのであろう。などと言うとケンタくんが今度はちがう手つきをして、

「いいや、腕です、腕」

と言いそうな気がする。

明日は冷蔵庫の奥に鎮座している「おん芽立ちさま」を天ぷらに揚げる。

食べごしらえというより野生の独活に挑まれて、荒事の神事でもやっているような気分である。そこでついでに散歩のかたわら、水俣川の土手に生い繁っている蓬を引っこ抜いてきた。

強い突風が吹き荒れていた。夕暮れの土手は、風のくる方向から草木が打ちなびき、白い波頭のように葉裏を揉まれているのは蓬である。わたしの髪も草といっしょに、わし摑みにされている感じだった。独活の精が、川伝いにやって来たな、とわたしは思っていた。

さて、と自分と独活の気分をしずめながら座りこんで思う。葉緑素のかたまりのような五月の蓬は油とも相性がよく、揚げものにしてやると、独特のアクがひらりとした香りになって食べやすい。なんとか、蓬そのものの厚味を食べたいのだけれども、揚げると瞬時に水分が飛んでしまうのか、衣の中に鮮やかな緑が、一枚透けてみえるような天ぷらになってしまうので、蓬についての思い入れは深くなるばかりである。

木の芽どきとか、木の芽流しという言葉があるが、春から初夏にかけて、芽の出るものをわたしたちが好むのはなぜだろう。たとえば、新牛蒡がいま出まわっている。母が元気で畑をつくっていた頃、新牛蒡になる前の、まだ稚ない茎を間引いて茹でて晒し、おひたしにしていたものだが、今、あれが食べられない。

あっさりした緑で、ごくごく繊《ほそ》い糸のような根を嗅いでみれば、やっぱりかそかに、牛蒡の香りがするのが嬉しかった。みずみずした芽を食べる儀式のような、つつましく新鮮な食膳だった。あのような気分は神さまと食を共にしていた時代の名残りだったかもしれない。

根元がほの紅い、まだ蕾をつける前の蕎麦の芽の間引き菜も、胡麻和えにして膳にのせた。非常に細いが、さっと湯をくぐらすとふっくり、さくさくとして、子供のひと口に、あれは幾筋ずつ嚙み含めていたのだったろう。

今はお店に大根の芽が工場の水栽培で一せいに売られているが、大地の季節の芽というものを、主婦たちも、子供たちも知ることが出来ない。

緑の芽を食べるのは人間や牛馬や兎や羊だけでなく、猫でさえも気分の悪いとき、畑や庭にやわらかそうな草をみつけて、嚙んでいるのをよくみかける。子供の頃そんな猫の姿をみて、生きものたちの食生活に目がひらくような思いをしたことがある。

猫が生えたまんまの草を食べるの図は、兎とも山羊ともちがう。風草というのか、稲科の細い草をみつけて寄ってゆき、草のしなう方向にそって、丹念な優美な感じに首を動かす。ご近所を荒らしまわっている猫が、苦しげに草をもどしている姿をみて、あれは鼠退治用の〝猫いらず〟をご馳走になってしまったにちがいなく、毒消しのために草を食べているのだと、親たちが言っていた。

わたしが野草を好むのも、わが身の毒をもどすためだろうか。

梅雨のあいまに

のうぜんかずらの花の咲く頃は、よく雨がふる。青葉の色も夏めいて、花の少なくなってゆく時期で、雨上りのしっとりした人気のない路地の塀などに、ほのかな緋の色をした花が垂れているのは、いわんかたなくみずみずしい。

今はもうすっかり裏道になってしまったけれど、旧水俣川の川口ぞいに、産婦人科の病院があった。たぶん母が、お産の見舞いに連れて行ったときのことではないか。門柱の脇に、はじめてみた花があった。

一べつですっかり気をとられ、ふり仰ぎながら玄関に入った。上《あが》り框《がまち》の広い式台が、気持ちよく磨かれていたのを、足のうらがおぼえている。待合い室は畳敷きでうす暗く、梅雨どきのしめり気が満ちて、クレゾールの匂いがしていた。ふつうの家の戸口とは、かなりちがうものに感ぜられた。

赤ちゃんをなくした産婦さんだった。

お産婆さんにかかるのがふつうなのに、入院しているのは、流産かなにかだったのだろう。それにしても母の見舞いの声はのびやかで明るいものだった。

「赤ちゃんはすぐまた、のさりなはります」

のさるという言葉づかいはたびたび耳にするここらの言い方だが、赤ちゃんというのがあるので、強い印象がある。年寄りたちの会話の中では、いろんな言い方でこれが出てくる。

「あの人は……」と感嘆詞めいて発声されるとき、「のさっとらす」という語がつづく。運がよい、運が授かる。あるいはよい運にえらびとられる、というようなニュアンスをこめて、「のさりのよか人なあ」ともいう。

赤ちゃんというものはそのように、のさるものであるらしい。わたしは、そんな場合の言葉をまたひとつおぼえたわけだったが、それより強く門柱の脇の鮮烈な花の色と形が、脳裡に灼きつけられてしまった。花の名はもちろんまだ知らない。

その後死んだ赤ちゃんたちを想うとき、かならずこの花がまならうらに浮かぶようになった。三つ児の魂というのはやはりおそろしい。大人になってからこの病院の前を通るたび、花の所在をわたしはたしかめ、咲いていないとがっかりし、花の時期にあうと懐かしかった。代が替わったであろう病院に、今もあの蔓性の樹があるかどうか。

後年になって友人の家にそれを見たときは感動した。のうぜんかずらという名も五十すぎて知ったが、わたしはすぐに辞典をひいてしらべるという習慣がない。長い間なにかのしるしのように、まならうらに浮いては沈みしていた花の、根元のひこばえを友人が持ってきてくれ、去年から咲きはじめた。

人間はその子や孫に、そっくり瓜二つを生むとはかぎらないようだけれど、花や木はまるまるそのまんまの姿で生え替わってくる。わが家の出来そこないのブロック塀に、はじめて咲いた花を母は見ていない。雨の降りに、布団のかけ継ぎをしている母にせがんだおぼえがある。

「あん花のある、病院の前ば通ろ」

「ああ、茗荷の葉の植わっとる病院のね」

洗いあげておいた冬布団の継ぎ当てをすまして、梅雨の上る祝いの、半夏団子を作ろうと母は思っていたにちがいない。

　わが家の庭にまだ茗荷はなかった。茗荷の葉でくるんでやれば、匂いのよかお団子の出来るがねえ、と団子を作るたびに言っていた。母にしてみれば名前も知らない花も気になるが、それよりは茗荷の葉がほしい。まだ三十前後のうら若い歳だったろう。梅雨の時期だから、山まで団子用のくゎくゎらの葉っぱや、肉桂の葉をとりにゆくのはおおごとで、山坂道は川になってすべるだろうし、茨の茂みはとげとげだらけだろうし、ずぶ濡れ覚悟の雨衣装でゆかなくてはならない。病院のお庭の茗荷が母の目に灼きついていたのだろう。晩年になってから新芽の出たのをきざんで、素麺にそえてやっても、

「歯にさわる」

　ととりのけていた。この人にとって茗荷とは、団子にしたときのあざやかな葉っぱの色とその香りが、極上のものだった。出来上った団子をいそいそと、仏さまに供えていたが、わたしは母が死んでから一度もこの団子を作らない。

　ご近所の店に、田舎風手づくりの、米の粉とメリケン粉をまぜた皮と、あっさり上等の小豆餡を入れた茗荷団子が、ときどき姿をあらわすこともある。手に入ると仏前

に供えるが、うつつに喜ぶ母はなく、一番好きだったものと思えばがっくりして、作る気がしない。

砂糖と塩だけは買ったが、自分で植えて刈り上げた米、自分で播きつけ皆さんに仕《し》納《のう》してもらった麦を、ごりごりと石臼でひいていた。莢《さや》をたたいて幾日も干しあげた空豆や小豆を餡に漉《こ》して練りあげて、餅や団子をつくりあげ、いそいそと大山盛りの重箱二段ずつ、よそさまにも配り歩いていた母の額の汗や髪のぐあい、目つき腰つき、指の動きが目に浮かぶ。

食べ物というものは、お金で買うものだとばかり思いこんでいる今の時代、女たちの姿形もたたずまいも、心のありようも、昔とは、まるきりちがってしまった。

母が死んで、一坪の畑もわたしは持たないが、若い時の農作業のつらさや、ものみな稔る季節の豊饒感だけが、躰のすみずみ、心の内側にのこっている。

せめて食べごしらえだけは自分でやりたいのだけれど、南瓜や昆布やこんにゃくの煮付けを焦がしてしまうなど、若いときからの大ぬけがちっともなおらない。三度三度の必要にせまられて、長年やっているうちには、ほんのときたまこれと思う味や色や形に近づくこともあるが、思いつきと出来上りが一致したことがあるだろうか。なにかの偶然でよく出来て、気の合うお客さまがみえてでもいたら、後片づけも苦にならない。

家での食べごしらえは、いわゆるグルメとはちがう。わたしの家では幸い叔母たちが、まだ無農薬で野菜を作ってくれている。なるべく野菜を主にして、お客さまのときの基本はお煮染をと思うのだが、田舎の男の人は、田舎風煮染を珍しがらない。豪雨上りのお刺身魚の端境期で、ついこのたびも、いつもはやらないタン・シチューなど思いついてしまった。

匂い消しに生のローリエを使うことにばかり頭がゆき、なんと玉葱イタメを忘れて、あとから入れたのだがシチューの味のふっくらぐあいが足りない。前夜から仕込みにかかったのに、加勢組と分量の打ち合わせをミスして、スープはだぼだぼ、味がしまらなかった。

ほかに一品。地鰯を生で、切り刻まないで、大きく、あんぐり口をあけて食べられるよう尾引《おび》きにして、酢ぬたで、と最初おもっていた。

ここ五、六年思いつづけていることだけれど、鰯を尾引きして皮をとるとき、妙な気持ちわるさをおぼえる。尾引きというのはここらの言い方で、包丁を使わずに頭をとって、そのつけ根から骨にそって尾の方へ、指でさきおろす。そのあとやはり頭のつけ根から、皮をつまんで指を入れ、一気に身から皮をひき離さねばならない。

むかしの鰯なら皮をはぐとき、しなしなして使いこんだ絹をさくような、さりっとした、じつにさわやかな音がした。皮を一気にはがれたことで、鰯の身もひきしまるのだった。

この頃の鰯はちがう。皮をとるのに、さりっと一気にはげるというぐあいにならない。鮮度のよさそうなのを選りに選って買っても、皮をはぎにかかるとたんに、べれべれ、べれべれと途中で幾度も破れてしまうのである。海の中はいったい、どうなってしまったのだろう。それで生姜煮にしてしまったが、これもやっぱり皮のぐあいがおかしい。とても新しいものだったのに。

味噌豆

今年の炎暑にはほとほとまいった。

逃げてゆける所があればゆきたいが、それもできない。なるべくならば使わないで済まそうと思っている冷房のボタンの前を行ったり来たりして、ええい、という感じで押してしまう。ついたのか、つかないのか一向にわからない。また毀れたのかと思っているうち、ゴーッと鳴ったりして驚かされる。

この種のものに感じる本能的な抵抗感はどこから来るのだろう。テープレコーダー然り、カメラまた然り、なんといろいろわたしは、使わないうちに毀してしまうことか。そうはいっても、写真術とテープレコーダーと電話の不思議さには、常ならぬ畏敬をおぼえている。ただ操作ということになると、とたんに混乱してくるのはどうしようもない。

あるテレビ局の技術屋さんは、動かなくなったテープレコーダーをつくづく眺めて唸っていた。

「どうやれば、こんな風に毀せるんでしょうかねえ。ふつう、こんな風な毀れ方はしないんですがねえ。どことどこを扱われましたか」

それがちゃんと説明できれば、毀しはしないのにと、わたしは思ったことだった。

いつ止まるかわからない冷房機を抱えている不安の中では、ひたすら雪が降ることがのぞまれる。それではあんまり極端だとおもって、そうだ十五夜さまなら、のぞんで遠いことではないと、訂正して待つ気になった。

上新粉と白玉粉を買ってきて、十五夜のお団子を何べんもつくる。あんまり当夜どおりにつくると十五夜さまに申し訳ない気がして、まん丸く茹でたものをおみおつけに入れたり、あん蜜風にしたりする。

あん蜜といえば、お店にゆけば今もあるのかもしれないけれど、外で食べたことはなかった。若い頃、なにかの雑誌で「銀座に出て、あん蜜たべよう」という女の子たちの会話を読んだが、謎めいたもののひとつだった。

四十を越えてから、東京は中野の場末めいた中華ソバ屋さんで、あん蜜なるものの見本をみかけた。長年の夢をみたすにしてはやや拍子抜けしながら頼んでみた。それはまったくままごともどきのものだった。

小豆を煮た汁だかなんだか甘い中に、漉した餡こがほんの少々、西瓜と瓜の破片が三つばかり、白玉団子のごく小さなものが三つ、赤、白、緑の寒天が賽の目に切られてはいっている。次にこれがよくわからないのだけれど、昔よくみかけた赤茶色のえんどう豆の粒が、しなびて半茹でのまま散らばっていた。

おそるおそるつまみあげて口に入れてみたが、赤えんどうの皮がおそろしく固かった。

今、田舎の店のウインドウにも女子供用の色つき食べものが置いてある。そういうののはしりだったのかもしれない。

思い出したのは味噌甕の中の赤えんどうである。

わが家の畑は赤土だったせいか、作っても作っても大豆がうまくとれなかった。北海道や高冷地でとれる大豆が良質なのを晩年知ったが、大豆は黄粉もつくるが、なにより味噌用に欠かせない。本来なら全部大豆で作りたいところを、自家用に費消するものを金で買うという発想をいやしんでいたので、なんとか畑に出来た豆類で間に合せることになる。

少量の大豆を柱にして、そら豆、青えんどう、赤えんどう、色も形もそれぞれちがう豆類を全部とり集めて臼で搗いて皮をとり、茹であげ、米麦の麴と一緒に塩をまぜあわせて大甕に寝かしこむ。ついでに、茄子や生姜を塩でまぶして秋日に干したのや、昆布を巻きこんだのも入れる。

半年か八カ月ほど経ってから柿渋の和紙で張った甕の口をあけた。臼で搗いたといっても、もとの形のまんま残っている豆がさまざま入れまざり、今どきの味噌とはみかけも味もちがい、味噌漉しで漉してもいちばん潰れにくいのが赤えんどうであった。

二年味噌をあけるとき、母は一種緊張した面もちで恭しげに蓋をとった。

「出来とればよかがねえ」

半年や八カ月では出来ないものが二年ないし三年味噌からとれる。それはじつにとろとろと美しい上澄み液だった。仕込みのときに突っこんでおかれた縦長の竹笊《たけざる》に溜って光り、なんともいえずよい香りがした。よほど大切なものを汲むように、小さな竹の柄杓《ひしゃく》で汲みあげて三合徳利に入れ、叔母さまたちや、権妻どのと暮らしている祖父のところへ母は配ってまわった。

そうやって出来上った味噌は、大豆とちがって豆類の澱粉《でんぷん》が多いので、今の味噌よりは甘味がつよかった。

醤油をつくるときは麦とそら豆に黄色い麴をつけた。秋の彼岸の頃、醤油甕を仕込むのである。穫れたばかりでよく干しあげたそら豆を主にして、炒って石臼でひき割り、皮をとったものを麦と一緒にして蒸して発酵させ、麴をつける。白い味噌麴とちがって、空中に飛び散るような黄色い麴菌が、豆の一粒一粒をまぶすようにくるんでくると、仕込みどきである。

ふっとうさせたお湯に塩を加えてさまし、右と合わせて調合し、大人がはいるほどの大甕に仕込むのだけれど、底までとどくくらいの竹笊を甕の真ん中に貫通させておく。醸造された醤油が竹筒様の笊に集まる仕かけだから、笊の直径が一尺くらいはあった。豆の炒りぐあいで、醤油の味のよしあしがきまるのだと、婆さまたちが言っていたが、自家製の醤油をつくるにも、昔の方が、水も気候も豆類の出来もよかった気がする。

味噌の上澄みはよほどに珍重されていたようで、わたしには大叔母に当る贅沢屋の老女たちが、カツオ節をけずってふわふわの卵かきにするのに極上だと目をほそめていた。

「はるのが、年寄りをば、仏さまの次に大切にしてくれる」

というのだったが、母は自分の親の命日をよく忘れる人でもあった。暦なんぞをまるで気にかけないのである。そういうところは、わたしにそっくり遺伝したようである。

朝からおみおつけにダシジャコが入っている。

「今日は何の日か、おまえの親さまの精進の日ぞ」

情なさそうに父がいう。昨日も一昨日も何日だか、頭にないのだから、その日のことだけ忘れたわけではない。きまり悪そうにしているのに、

「わが親の命日もうち忘れて、俺が死んだらどうするつもりか」

と呟くのだが、一向にききめがなかった。そのようなたぐいのことは全部、夫が覚えていてくれるものだとばかり思っていたらしい。

父が本当に死んでしまって、柩に入れる直前のことである。村では最後の土葬だったので、埋葬許可というものが必要だといって、役場の人が見えた。母は喪服を着て、

深く沈んだような様子になっていた。ワッとは泣かないのである。しかし、いわば愁嘆場に来合わせて、役場の人は気の毒そうに尋ねた。

「あのう、ちょうどの所に来て、何ですばってん、埋葬許可に必要じゃもんで。仏さまのですな、その、生年月日が必要ですが、あの、ここの小父さんの生年月日はいつでしたか」

問いかけは母に向かってなされたようだった。母は緑色の線香の束を手にしていたが、ひどく慌てて、あいている方の指をうろうろさせた。それから、あっと考えついたように、まさに柩に入れられようとしている死装束のつれあいを指さした。片手には線香の煙が上っている。

「あのう、そういうことは」

指さした手がまだ泳いでいる。

「そういうことは、全部、その人が……全部知っとりましたもんで、わたしはなあんも知らずにおりましたもんで」

しばらくしんとなったが、忍び笑いが起った。役場の人はあっけにとられた顔になった。じつに無邪気な泣き顔で、みんなの声につられて母も笑ったが、うらめしそうに死んでいる父を見やり、言ったのである。

「ほんにもう、この人がなんもかんも、ぜーんぶ、知っとりましたもんで。困りますがねえ、ほんに」

語尾がふるえていた。かなしくておかしかった。

油徳利

人里からさほど遠くない、山のとっかかりのこんもりしたところには、たいてい山の神さまが祀ってあったものだ。

枝ぶりのあんまり揃っていない灌木などの間に、樹齢の定かでないような古木が立って、下蔭がちょっとひらけていると、赤い蔦をまとった小さな祠がみつかったりする。

昔の村の子供たちは山で遊んでいたから、あたりの植生をみて、そういう場所をよく感知していた。ひっかき傷も蜂の巣もなんのその、ヘゴや歯朶《しだ》の茂みにもぐりこんで、もぐら合戦をやっていたのが、ふいに茂みの途切れたところに出たりすると、わんぱく坊主はどきんとした様子になって、おそるおそるあたりをみまわす。

誰がお詣りしたのか、祠の前の石の台に、白い徳利などが置いてあったりして、へっぴり腰で近づいてみると、焼酎の匂いが残っていることもある。

(神さんのところぞ!)

というわけで、わんぱくたちは手にしたゝべの実やガラミ葡萄の房を捧げて、山への無断闖入をお詫びしたものである。

山の中のひっそりした祠の白い徳利は、なんだか生々しくておそろしかった。

それというのも、母がかねがね話をしていたことがある。

「野川、長崎のあたりにゆく道にはな、杉の大木のうちかぶさっとる曲り道のあっとじゃもん。その曲り道に、ふとか大岩の、あっちにもこっちにも長あか髪毛のごたる苔ば生やして、座っとんなはる。日暮れにならんうちから、その岩神さんたちの、動きなはるちゅうよ、苔ばゆらゆらさせて。今の頃ならほら、赤いかずらば、巻きつけておんなるけん、日暮れにゃあ、あの赤色がおとろしか。そしてあそこにゃあね、白か油徳利下げとるもんの、立っとらすで」

「誰が油徳利下げて立っとると」

「さあてなあ」

母はいつもそこではたと困惑して、声をひそめた。子供に語っているうち、自分の方がこわくなってくるのである。

「なあ、むじなじゃろうか」

むじなはおぼえたての化物の名だったが、姿を見たことはなかった。

「うんにゃあ、むじなじゃあなかろ」

「そんなら狐じゃろうか」

狐の話なら、隣りの小父さんがしょっちゅうきかせてくれる。

「うんにゃ、狐に、油徳利は似合わんもね」

狐に油徳利は似合わぬというのは、田植えの名手のおそよさんには「尻からげが似合う」というのを思い出させた。

「やっぱねえ、白か油徳利が、何よりいちばんおとろしかよ」

ねむりにつく前の、二燭光ぐらいの裸電球のもと、あごをひくようにして母は言った。

長い髪のような苔におおわれた大岩のあたりに、後年往ってみたことがある。鬱蒼とした木立ちが、薩摩領の紫尾山をうしろにして、切り立った崖をみあげるところだった。

祖母や母たちの子供の頃は、今とはずいぶん生活の質も、見聴きしていた世の有様もちがっていたことだろう。えたいの知れない場所もあちこちにあって、今では民俗資料館にごろごろしている白い大徳利が、目にはみえない妖魔の手に下げられて、母のようなこわがりさんをおびやかしていたのである。

若い頃仲良しだったきみのさんに誘われて、親戚の家のお祭にゆくのに、その道を通ったことがあるそうだ。

「山ん中の祭はよかなあ。お宮のぐるりには青か幟旗立てて、笛吹きさんのおらしてな。男の子と女の子が、禰宜《ねぎ》さんのごたる衣着て、野菊の枝ば持って舞いなはっとばい。少なぁか人数で囲んでな、手えたたいて喜んで。よそから行った者にも、こっちにおいで、うちの茣蓙《ござ》にもおいで下はりちなあ、あっちこっちから手招きしなはるもんで、どこに行きようものうして、えらい困った」

母は胸をこごめてくっくと笑った。

焙《あぶ》った椎茸だの干したセンブリだのをどっさり持たせながら、親戚の婆さまが言ったそうな。

「みんみん滝のそばの、杉山の曲り角にゃ、白か油徳利下げとるもんの出るけん、ンべのなんのに気いとられずに、明るかうちに、早う帰んなはりましょ」

その曲り道に来たとき、彼女らは手をとりあってかけ抜けた。二人とも祭衣を着ていた。祭の長着では足にまつわりつく。きみのさんが草履を脱いで片手に持ち、裾をひっからげたのを、母のはるのもすぐさま真似て、二人はかけ出した。

そこを抜けたあと、お互いをみると、せっかくの桃割れ髪の手絡《てがら》が鬢《びん》の横にぶらさがり、髷もひしゃげたように傾いている。笑ったり直したりするゆとりもなく、草履だけははき直して、二人は手をとりあったまま、村里のみえる南福寺あたりまで、口をひき結んでひたすら走ったのだそうだ。町にほど近い村里を夕陽が染めていた。

「みた、はるのさん」

きみのさんは人心地つくやいなや、赤い手絡をゆらして振りむいた。

「なんば」

「なんばち、岩の上に、油徳利のみえんじゃった」

「油徳利なあ、ちっとちがうごたったよ」とはるのは言った。

「徳利こたあ徳利じゃったが、ありゃたしか、小ぉまかお神酒《みき》の徳利じゃった。菊の花と、おこわのおにぎりの供えてあったよ」

「そげんとの見えたと」

「見えた、走りよったとき」

「ふーん、あんた臆病者のごつしとって、よう見たなあ、ああいうとき」

「うん、そうばってん、岩の神さんな、おとろしかったなあ。蔦の赤衣着て、髪毛のごたる苔生やして、誰か詣る人のおらすとよ。ああいう岩に」

二人はそんな風に話しあった。

みんみん滝というのは、野川あたりの山里にいたおみよが、身投げして死んだ滝である。夏の終りから秋の初めにかけて、蟬に生れ変わって、「みーん、みんみんみん」と鳴くのだそうだ。

昔、この滝にはきれいな水が流れていた。おみよはまだ七つくらいだったが、夕方じぶんになると、滝の上手に、鉄の羽釜やら鍋やらを抱えて来て、藁のたわしで洗っていた。継母《ままはは》はご飯どきがくると、こう言うのだった。

「食い物のいちばんよかところは、鍋釜の洗い汁ぞ。お前にゃ、そこば食わすっで、川で洗うて食べやい」

おみよは言われたとおり、川に来ると、羽釜の底にこびりついたわずかな焦がれを大切にこそぎとっては水でうすめ、つわんこの葉を御器椀《ごきわん》のかわりにして、

「ほんに食い物の中で、羽釜の底の汁のごつよかもんななか。死なしたおっ母さんにひと口、わたしもひと口」

と言いながら、日暮れの渓間で星さまをみて晩飯を食べるのだった。

滝の下の里では、つわんこの葉っぱが流れてくるたび、「おみよがご仏飯の御器じゃ。よんべも、餓《ひ》だるかったろう」

と話しあうのだった。この子が身投げしたとき、人びとは滝の上に散っている大銀杏を見上げて言った。

「死なしたおっ母さんの連れてゆかしたばい。よか所にゆこゆこちゅうて、手ぇひいて、飛ばしたばいなあ」

はるのは銀杏の実を干す頃になると、みんみん滝と油徳利の話のあとでこうつけ加えた。

「みんみん蟬は、男の樹にすがってはみんみん泣き、おなごの樹にすがってはみんみん泣き、泣き死するとち。それで銀杏の実は、おみよの泣き土産げなぁち、あそこら

へんの人の言わすよ」

獅子舞

あれはいったいどこからやってくる人たちだったろう。

正月ともなると、頬っぺたをほの赤くさせて、黒い烏帽子をかぶり、裃をつけた男衆が三人、町の筋をやって来るのだった。わが家では三河万歳の衆と呼んでいた。

鍛冶屋さんのトンテンカンも、魚売りの呼び声もなく、祝い酒にほてっているような松の内の町内に、この人たちの声は、五、六軒ばかり先の方からそれと分った。

ききなれない発声とアクセント、リズムのきびきびした言葉の意味は、幼児には理解できなかったが、正月の祝詞であることはなんとなくわかった。口上をのべたあと、めりはりをつけた動作がはじまる。

「三番叟《さんばそう》」というめでたい舞だと親たちが言って聞かせるのだが、幼児の目には異界から来た人のようで、ひたすら母の袂にすがりつき、そのかげからまじまじと覗いていたものだった。

三番叟が終ると、わたしは半紙にくるみこんだご祝儀を親から持たされる。大人が出てさし出すのは、貰い受ける方が気を兼ねるからだろうか、必ず子供のわたしにその役目をさせた。

紙のおひねりを両手でさし出すと、三番叟の一人が、さっと白扇を半開きにしておひねりを受ける。それはいいが困ることがあった。

「おいくつでっか、おしゃまやなあ。これはこれは、めでとうおさめつかまつる」

と、いいざま顔を寄せてきて、ふっと息を吹きかけ、抱きあげるのだ。息を吹きかけるというのは、思いこみかもしれなかったが、酒の匂いがしたので呪術にかけられる気分であった。下ろされたあとは、急いでポックリを踏み鳴らし、正月着の袂を抱えて右を振り、左を振りした。小父さんの息が衿足から躰をつきぬけ、袂に溜っていそうな気がしたのである。

ポックリの鈴は魔を払うのだと聞かされていた。それでしきりに足踏みしたのは、邪気を払うという三番叟の人たちに答えるような、あるいは反対に、男の人の正月酒から受ける、えたいの知れぬ臭気から、なにかを払いたい一心だったかもしれない。

その仕草がおかしいと言って大人たちは笑いさざめき、おひねり渡しの儀式が済むと、彼らに祝い酒を振る舞うことがよくあった。かわらけの盃を受けて、扇で口元を隠しながら飲む様子が、まるでお芝居の中の人をみるようだった。門口に立ったままで、上るようなことはなかった。飲めないらしい片方が、頂きすぎる相棒に、しきりに目まぜしても通じないらしく、「あとできっと家内《やうち》揉めしなはるばい」と、女衆たちが後を見送りながら笑うのであった。

猿まわしや、獅子舞が来るのも正月だった。頭《かしら》を振り立てる獅子におびえて、弟があんまりはげしく泣くので、母が困り果てていると、獅子頭の口がぽっかりあいて、豆絞りの頬かぶりをしたお兄さんが顔を出したことがある。

目が無くなるほどに泣き狂っていた弟が、周囲の笑い声に気づいて、母の腕の中でおびえたまなこをひらいた。

「泣くなや坊《ぼん》さん。中におるのは、オレじゃオレじゃ」

若者は獅子の口の中でさっと手拭いを外すと、ひょっとこをしてみせた。いかにも愛嬌のある顔で、どこに隠し持っていたか、棒にさした千歳飴を片手でさし出し、振ってみせた。

弟はよっぽどびっくりしたらしく、泣くのを忘れたようすで千歳飴に手をのばした。

「んまあ、あらあ」

と、いうような声があたりから湧き起った。よくよくみれば、若者の額やのど元には汗がびっしょりで、紺の腹がけの胸元にも汗が滲み出ている。のちのち思えばあれが、いなせというのか、紺の刺子《さしこ》の腹がけの、胸元の汗の男らしかったこと。

獅子のお尻がにわかに崩れて、後足の人が出て来た。前足よりは少し年がいった人のようで、ほうとした表情で、汗を拭き拭きこう言った。

「いやもう、薬が利きすぎたようで」と若い方をみて、

「お前があんまり勢いのよすぎるからや。いゃあ、泣き止まん子ぉには降参じゃ」

家中の働き手もお客も、めったにみられぬ獅子の素性を、とみこうみしている。獅子の姿がぺちゃんこになったのをみて母はすっかり恐縮してしまった。

「気の毒さよ、まあ――」

といってあたりを見まわしたが、宗和膳に載せてある鯛の浜焼に目がいった。

「ああ、あれば、お作さん、持ってきておくれ申《も》せ」

お作さんは石塔を磨きにきてくれる小母さんだが、客膳を並べてある座敷にかけ上ると、高脚の大きな膳ごと、尻尾のはねているのを抱え出し、「あれも」と母がいうと「鶴の巣ごもり」を載せた膳も抱えてきた。縁の上にすえられたお膳をみるや、母は弟を女衆に渡し、膝をついて鯛の身をほぐし始めた。

前足さんと後足さんは汗を拭き終り、獅子の中に戻ろうとしていた。おひねり渡しは済んでいない。

するとこのとき、笛が鳴りはじめたのである。笛吹きさんは白髪のまじった人で古びた羽織袴をつけ、縁の端にさっきから微笑を浮かべて腰かけていた。鯛の身を取り分けて母が振り返った。ぺちゃんこだった獅子が復元されているのをみると、たいそう慌て、とほうにくれたような声をあげた。

「あらー、あのう、せっかく鯛とお神酒ばあのー」

女衆たちがいっせいに、口々に後をつけて言った。

「ほらー、鯛とお神酒ば、せっかくですけん」

花首をゆらしている春の草たちのような声だった。台所専門の若いお君さんが、つとかけ寄って、立ち上りかけていた獅子の、ぐるりと出ている歯のところをとんとん叩き、ゆさぶるようにして呼んだ。

「開けなっせ、ここば、開けなっせ」

口が開きかけ、だんだん大きく開いて若者が顔を出した。まぶしそうなとまどったような表情だった。

「正月じゃけん、一口なりと」

なにか威厳のあるもののように、お君さんは若者に命令した。母がお君さんに、金縁のついた角皿と箸を渡した。

そのひまにお作さんは、笛吹きさんのところにかけ寄ると、うむをいわさぬ神妙な態度で盃を出し、白い徳利でお神酒をついだ。年長の笛吹きさんが神酒をいただいたのを見、若者が安堵したらしいのを見てとると、お君さんは鯛の身を箸ではさみ、片掌を下にそえて自分も口をひらいた。そして獅子の口の中にいる若者に言った。

「アーンしなはりまっせ、ほら」

なにかよいことが溢れてくるような声音になって、女衆たちがあとをつけた。

「アーンしなはりまっせ、ほらぁ」

若者は素直に口を開いた。いつの間に誰が持ってきたのか、紅白の膾《なます》の小皿を、お君さんの掌に載せた。

「ナマスもひと口」

若者が膾を食べて、のどに酢が絡んだような咳をすると、女衆たちは手を打って喜んだ。獅子の口が閉じかけたので、わたしは急いでおひねりをさしだした。歯の間から手だけが出て三方を切り、それを受け取った。白紙に包んだ揚げものの鶴の巣ごもりを、素早くほうりこんだのは誰だったろう。白いエプロンの袖だった。

笛がふたたび鳴りはじめ、獅子は起ちあがり、ゆらり、ゆらりと赤い首《こうべ》を振りはじめた。女衆たちが草のゆれる風のように言いかけた。

「来年もまた、来なはりませなぁ」

水辺

このごろしきりに、川の土手や海べのあたりを見に往っている。足がおとろえているのが情ないが、ときには車ででも連れていってもらう。

自分が車に乗っていておもうのは、じつに妙なぐあいだけれど、川に沿っている道も、海岸に出来ている道も、これすなわち、車のための道路だということがよくわかる。

いわゆる景勝地でなくても、途中で下りてみたい所があるが、ままならない。何でもない芒《すすき》の穂むらや、椋《むく》の古木により添われた観音堂の景色などが、ちらと目に入ってもすぐには行けないのである。歩いていれば、破れかけた板壁に蔦の這ったそのお堂のそばに行ってみれるのだけれど、人さまの車のご厄介になる身では、ちょっとだけ降してくださいとはなかなか頼めない。

後からどんどん車がくる。運転のことなど皆目わからないわたしでも、そこは辛うじてところどころ車の離合が出来るくらいの道で、急に止まったり、ひき返したりはできないことがよくわかる。

（あ、降りてみたい！）

と言いたいのを、ぐっと我慢する。

そんな風に、いつも気にかかってならないのに、通りすぎてしまうところが一ヵ所あって、それは水俣川をちょっと遡った、新屋敷という集落の付近である。橋がかかっていて、向う岸の入口に榎が一本立ち、木の下には古い共同井戸と、洗い場がある。子供の頃眺めていた榎はたいそう大きく見えていたが、子供の目だったので大木に見えたのか。往時よりは小さくみえるけれども、向う岸にその榎と橋がみえると、たちまち胸がやかれるような思いになる。車をとめてもらって、橋を渡りたいと思う間に五百メートルも千メートルもすぎ、渡ったことはない。

まだ若い時分の母が、没落した家計を補おうとして、そこらあたりの村に行商に出て、連れてゆかれた記憶がいくつかある。わたしは、河原の石の上で一人遊びをして、榎を見上げたり、橋を見上げたりして、商いをすませた母が顔を出してくれないかと待っていたものだった。

待ちくたびれると橋を渡って洗い場にゆく。女衆たちが野菜を洗いながら笑いさざめいていたり、わたしに大きな夏蜜柑をくれた。

「もうじき、お出なはりますけん、泣かずにおんなはりまっせ、な」

谿《たに》ぞいの村の、やさしい声音が耳の遠くに甦る。母はこの村のことを、

「よか人たちのおんなはる村ばい」

とたびたび語っていた。

わたしがまだ生まれない前のこと、この谿筋に崖道をつなぐ難工事を祖父が請負って完成させていた。何年がかりだったのか、谷あいの村々から人夫さん方に来てもらった。

今でも見られるが、このあたりの段々畑の石組みがあまりに美しく、古い技量を伝えているのに祖父がほれこみ、村々にお願いして人夫に出てもらい、役を振りあて、全長八里余の道が完成した。上流に温泉をもつこの道は馬車も安全に通れるようになった。

信義に厚い村の人たちは、わが家の没落をいたく気にかけて下さって村々の祝い事、お祭、運動会などの時季がくると、使者が見えるようになった。最初こういうご挨拶だった。

「御相談に上りました。もうじきお祭ですが、吉田さんのお娘御の顔ば見ろうごたる、お招《よ》びしようごたるち、皆して言いよります。道作りのとき、はるのさんの顔みれば、みんな気のはればれなって働き甲斐のあるち、いいよりましたけん。来てもらえますか」

「まあ、行ってよかでしょうか」と喜ぶと続けて言われた。

「来て下はりますか、嬉しさよ。そこでその、来て下はるついでにといえば厚かましかごたるお願いですが、道はおかげで出来ましたが、山の中から一軒々々降りて祭の買い物に町まで下りるちゅうのは、畠もルスになりますけん、はるのさんにお願いしてとり集めて、持って来て頂くわけにはゆかぬじゃろうかと、じつは、こっちの方もご相談で。井戸のそばまで下りて、皆して待っとりますで」

わが家では思いもかけぬことで感激したが、「しかし、今は馬車も頼まれんし」というと、元の人夫頭さんが答えた。

「ようわかっとります。じつは皆で相談してリヤカーば、もう買うて来ました。外に持って来とります。さしあげます。せめてのご恩返しに。他にも何かの用に立とうと思いまして。あれなら女の手でも曳かれます。どげんでしょうか、持って来て下はりませんか、祭のくさぐさば。町に下ってどうせ買う品ですけん、はるのさんにお払いしたかですが。厚かましかお願いですが」

祖父もはるのも言葉もなく手をついて落涙したという。母の臨時の定期行商がこうして始まった。町内の店々が快く品物を卸してくれた。祭のご馳走のくさぐさといえば、寒天、蒟蒻《こんにゃく》、かまぼこ類、竹輪、さつま揚風の天比羅のたぐい、花麩、すし用の湯葉、昆布などなどであった。

なれないリヤカーの荷を曳いて行きついてみると、

「はるのさまのこらしたぞーい。しょうけ（笊）持って、はよ、お出でぇー」

と呼ぶ声が、ゆく先々の山迫にこだましていたという。

わたしを連れてゆく日は、日帰りときめていたようだった。ゆく道々で幼い娘にそんな話を語って聞かせたが、日暮れの近い谷間の河原で、母を待っているのはじつに心細かった。夏蜜柑の重みを胸に抱え、泣きじゃっくりになりそうなのを我慢している間、ふっと見やると、夕陽を受けた淵の土手が水面《みのも》に投影して、鬼百合の朱が三つばかり映っている。

　橋にはひくい欄干がついて、石造りだった気がするけど、それも陽を受けて、磨きこんだような淵の中程にかかっていた。二、三人づれの小学生が通り、頬かむりをした百姓さんが馬を連れて通る。モッコ籠を天びん棒で担い分けた小母さんがゆく。そんな情景がみんな水面に映り出て、橋の上の景色と水の影とでは、どこか違いそうなものなのに、寸分ちがわない。幼な心にそれは、ずいぶん驚異だった。

　あんまりみつめすぎていると、気が遠くなりそうで、川上から風が来て、水面の影がちりぢりになると、覚醒し、ほっとした。

　水俣の町中《まちなか》からここの橋までたどりつくのは、五つくらいの子には大へん遠い。母は生来臆病者だったので、崖の下をゆく杉木立ちの、帰りの夜道がなによりこわい。たとえ三つ児であっても連れておれば、心丈夫だと言う。わたしはだから、母にとってリヤカーの提灯がわりというか、用心棒だったのである。

　それでも足が痛くてきついので、途中で座り込んだりする。母は、なだめすかして言うのである。

「往きはほら、お客さまの竹輪やら、かまぼこの乗っとるじゃろ。帰りは空にして、乗せてやるけんね。まちっと辛棒して歩こうね」

帰りはきっと、リヤカーに乗せてやるというのにつられて、ポコポコ道を歩いた。四キロか五キロほどの道のりで、今は車だと十分くらいである。その十分という短さが往時と重なって胸せまる。

母はしょっちゅう足の神経痛にかかって、お灸の跡だらけだった。リヤカーに乗せられるわたしはよかったが、どんなにあの道のりでは足腰が痛かったろう。この道筋への懐かしさと悲しさは、母が死んだあといよいよつのるばかりである。

いま遠目に眺めるだけだが、十年くらい前にみた洗い場には、すでにもう青々とした風はなかった。むかし井戸が生きていた頃は、シックイで塗られたヘリの囲いに、水気をよく吸った苔が生え、葉の平べったい羊歯《しだ》があちこちゆれていた。そして奥の一隅には、白紙を切った御幣《ごへい》がさしかけられて、澄んだ井戸水に映っているのが、いかにも浄らかだった。

あれはどういう空気のうごきなのか、大きな広い、水のゆたかな井戸のまわりには風が立つ。上の方ではなくて、足元にかすかな風が流れているのである。水仕事をするとき、女たちはたいがいはだしに近かった。素足にふれてくる風のせいで、洗い場というものが、どこよりも清々しく感じられたものである。

上の段の、御幣のさしかけられている井戸は飲み水に、次にちょっと低めに水が湛えられているところは、洗い川と名をつけて、米や漬物など洗う。底に沈んだ米粒が、無数にある水底の湧水口でおどりながら、少しずつ流れてゆく。漬物の糠は米より軽く流れ出て、見ているうちに水はすぐ澄んだ。

今はあんまり見ないが、水仕事、と女たちがいうときの主な力仕事は、鉄の羽釜や鉄鍋のお尻を磨くこと、どの家にも必ずあった大笊をタワシにかけることである。じょべじょべと裾を下ろしていては洗えない。勇ましい尻からげにしていたから、井戸端会議もはずんでいたにちがいなかった。

鉄鍋の尻は分厚い墨になっているので亀の子タワシで洗うと大へんなことになる。あれでやると水を吸った墨が四方八方にはねて、じぶんの顔であろうと隣で大根を洗っている女房のお尻であろうと、遠慮なく飛び散って、派手な黒斑がびっしりできる。

必ず藁を縄にして、それを掌の大きさにまとめたものが、鍋や羽釜を洗うのに適していた。藁というものには、薪のす﹅す﹅などを溶かす成分もあるのだろうか。カマドの下からすくい出しておいた木灰を、藁ダワシに含め、腰に力を入れて全身で、わっしわっしと磨きにかかる。すゝすが墨になって、きれいな流水に溶け去ってしまうと、鉄特有のカネ色が、光をおびてあらわれる。

そこまで磨きあげないと、上の方の段で孫の守りをしている婆さまたちから、合格点をもらえなかった。

洗いあげたお釜の尻を指で撫ぜ、墨がつかないならば、井戸端の先輩たちも目をほそめた。わたしはこの水仕事で、若い頃、爪を切らずともよかった。鍋のお尻とともに磨きされてしまうのである。いま爪を切るたび、ものがなしくて、あのようにまでせずともよかったろうと、つくづく思う。

あたら鍋釜などに時間をかけて、読まねばならぬ本があったのに、女が本を読むなどもってのほかという空気に、やっぱりめげそうになっていた。

谿のほとりや海辺に湧いていた泉や井戸は、もう枯れてしまったらしい。水のまわりに立っていた風も湧かなくなったろう。女たちが素足でゆき来しなくなったから。

あのいそいそとした足つきは、たしかに浄らかな風を起すような足つきだった。

菖蒲の節句

古い小ぢんまりしたアパートのベランダに、紙の鯉のぼりが顎を出すようなぐあいに、ひっかかっていた。まわりのベランダには蒲団がいっぱい。無骨な年若いお父さんが、がんばって立てたのかもしれない。今どきの節句は、あのような窓の内側で、どんな風に営まれるのだろうか。

おなじ日の午後、山の方の村に行こうとして迷いこんだとき、谷あいの畑の中に一軒家があった。そしてその脇に、かのアパートのより十倍はあろうかと思えるほどな、赤い立派な鯉のぼりが泳いでいた。

紺地に染めあげられた幟旗《のぼりばた》が二本そえられて、鯉も幟旗もゆったりと風を吸い、生命感にみちみちている。とくべつにそう感じられたのは、一軒家をとり巻いている森の静寂のせいだったかもしれない。

その家には誰もいないらしく、縁側も戸口も閉めてあった。犬も鶏もみえず、なんの音もしない。瓦の屋根は波うってずいぶん古い家である。森のぐるりに集落があるにはちがいないが、隣近所は見当らない。古い家と真新しい鯉のぼりとの対照があざやかで、車をとめてもらって眺めていると、青い幟に染め抜かれた名前が読める。おじいちゃんかしら、とおもう。初孫の節句に奮発したのかもしれない。

それをみていて想い出した。戦後しばらく布地がなく、赤い頬をした鍾馗《しょうき》さまの幟旗で蒲団を作っていた家があった。むかしむかしのことである。

一軒家を囲んで巨大な円形劇場のようにひろがる森の中心で、動いているのは鯉のぼりだけだった。何の物音もしなかった。樟《くす》のさみどりの間に、椎の梢が盛りあがり、この窪地をとり囲んでいた。椎の葉はふだんはくろぐろと森の陰影になっているが、五月になると突如やわらかい黄金《きん》毛色の若芽や花を梢に頂いて、照葉樹特有の形を浮きあがらせる。

そんな森をみていて不思議な気分になった。谷間の家に人がいないこのひととき、そこのおじいちゃんだか、初孫だかの存在からまるきり抜け出して、おなかの空っぽなはずの鯉のぼりと、五月の森の樹々とが、人には読み解けない物語をつくりはじめたなとわたしは思い、それをこっそり覗き見しているような気分だった。

風はあるのだろうが、森は動かない。いや、かすかに動いているのは樹々の光だけだった。光には音がなかった。百千万の葉っぱの光に囲まれて、わたしもその物語の中にはいりそうになる。

森と畑地との間に、菖蒲とおぼしき色がみえる。沢があるのかもしれない。よそさまの畑地と無人の家の庭先を突切ってゆくことはできないが、たしかに菖蒲である。

そういえば久しく野生の菖蒲をみたことがない。

若い頃の父親に連れられて、節句の朝、町の裏の田んぼの縁《へり》に、菖蒲の葉っぱを切りに行ったことがある。田んぼの向うには煉瓦づくりの工場と煙突があった。そこにゆくときは必ず弟と一緒だった。ひよわで影のうすい子だったが、菖蒲を切りにゆくときは、自分が主人公と思っていたようなふしがある。

雨上りの畦道をゆく。蓮華はもう小さな爪のような実をつけ、おおばこが青い葉をぴったりひろげ、田んぼ道を覆っていた。四月頃からの陽気に暖められた畦は、子どもの足で踏んでも、草の下でぽこりとへっこむことがある。母子草の下に蟹かなんぞの穴ができているのかもしれなかった。ぽくっと落ちこみそうになると、弟はよろけて傾いた飛行機のように、ぱっと両手をあげた。

「おっ、とっとっと」

職人頭の佐市さんが弟を可愛がっていたので、その口真似をするのである。彼は耳に、ちびた鉛筆をはさんでいた。佐市さんが向う鉢巻の耳の上に、短い鉛筆をはさんでいるのに憧れてのことだが、耳の鉛筆を気にしているので、柔らかい土の畦歩きは、いっそうあぶなっかしい姿になったのかもしれない。

左も右も前面も、うっすらと根元から色づきはじめた麦畑だった。菜種は、さやが重そうに傾いて、もう穫り入れの時期になっていた。町の通りに並行して田んぼの中に野道が一本通り、小川がそれに添うように流れていた。菖蒲は小川のところどころに自生していたのである。

菖蒲の根元には田螺《たにし》が這っていたし、ちょっと指先で掘れば蜆《しじみ》がいくつもとれた。泥鰌《どじょう》も鮒《ふな》も蝦《えび》のたぐいもさまざまいたので、ここら一帯は、町の子供らの絶好の遊び場だった。日頃、親に内緒の危いこともしでかす遊び場へ、父親と一緒にゆけるのが弟も嬉しいらしく、頭の鉢の振りよう、肩の傾きようで、それがよくわかった。

菖蒲のあるところにつき、最初の一本を取ると、父は必ず息子の頭にそれを巻いてやった。「丈夫になるごつ、大将になるごつ」

耳の上に結び目をつくってやってそういうのだが、弟は菖蒲の鉢巻が出来あがると、くだんの鉛筆がはさめるかどうかを、熱心に試みるのであった。

わたしが六つか五つ、弟は歳子で、一つ下だった。めったに我儘《わがまま》もいわず、人間世界の毒気のようなものに極度に敏感で、じっとり汗ばみながら、心の中の洞穴にあとずさりしてゆくような子だった。そんな弟が、この日ばかりは無口なままにはしゃいで、父の手の中の菖蒲の輪の方に、剃り立ての頭を差し出すような気分になっているのが、わたしはとても嬉しかった。

菖蒲の節句には、いつも弟を上座にすえて宴がはじまった。床にも神棚にも菖蒲を活け、菖蒲酒と称して白い徳利にさした葉っぱをそのまんま、宴席にまわしていたが、どんな味のものだったろう。飲んだことはない。上座にすえられて退屈するらしく、弟は鉢巻き頭のまんまあくびを連発してよく睡りこんだ。母が、大切なものを急いでしまうように、寝床に抱えてゆくのが常だった。

ちまきはどういうものか、わが家ではつくらず、カステラとおこわを蒸した。

孟宗の筍が終って節句が近づくと、山の方からコサン竹の筍がどっと届く。加勢の女房たちの中に薩摩出身のお仲さんという人がいた。筍の頭を人さし指と中指にはさんでひっかけ、くるっとひねってひと息でむき下ろす。若竹色のみずみずしい地膚があらわれる。一枚一枚むくのではなく、一度に全部むき下ろすのである。誰にでもできることではなく、女房たちは手許を留守にして嘆声をあげた。よっぽどたくさんむいて来た手だろうと皆してほめると、かねて無口なお仲さんは、嬉しそうに下唇をちょっと嚙んでほほえむのだった。

お煮染は黒鯛を枕魚に煮た下地で味付けした。魚の鮮度が悪いと生臭くなるから、ことにも生きのよいのを手早くこしらえ、じっくり煮付けておく。茹で上った手作りこんにゃくと、秋に干しておいた芋がらや大根や蓮根など、みな茹でて、熱いところに魚の下味の熱いのをそそいで煮染めてゆく。こういう材料を、母は煮染ぐさと称《よ》んでいた。

色どりになる人参が五月には薹《とう》になる。母は節句の前に人参畑を見廻った。

「節句の煮染ぐさじゃけん、とうの出らんごつ、切っておこ」

生毛のごわごわしている茎の根元を鎌でちょんと切り、そのまんまにしておくと、ほかの人参は薹になってしまう頃でも、赤い根の方は育った盛りのまんまで、畑に睡っている。掘り立てを皮だけむいて丸のまんま、蜂蜜でとろとろ煮込んで、大ぶりに切りそろえていたが、色が瑞々しく角がぴんとして、五月人参の香りが立った。

ちまき替りの「黒蜜カステラ」とは、蒸しパンである。石臼でひいたばかりの小麦粉に重曹を振り入れふるいにかける。卵と黒砂糖を交ぜてとろりとさせ、蒸籠に流し入れて蒸しあげるだけの簡単なものだが、芳醇な香りの湯気が噴き出して、蓋をあけると、蒸籠いっぱいにふくれあがったふわふわの地に、黒蜜のかたまりがいかにもおいしそうに、あちこち染みこんでいる。

おこわも煮染も黒蜜カステラも、お重に入れて南天の葉をそえ、竹の皮も総動員して、お客さまに持ち帰っていただくのが、母のたのしみだった。

七夕ずし

あれはどこから来た舟だったろう。

七夕が近くなると、永代橋の下の川べりに、青い笹竹を積んだ舟がついた。

橋から上流の右手には妓楼が並んでいた。下流のおなじ側に梅崎製材所というのがあって、材木置場のそばを通ると、いつも湿ったような木の香りがして、機械鋸のまわる音が聞えた。

機械鋸は、人間でもなんでも真二つにするんだそうだ。近寄るまいぞといわれて、子供のわたしはそこを通るとき息をつめ、履物を脱いで手に持って、なるべく川べりの道のはしっこの、水辺にむかって傾斜した石組を、蟹の横這いよろしく、横歩きしてゆくのである。石垣の面《おもて》が足のうらになんとも心地よかったのは、よほどに足場のよいように、石を選んであったにちがいない。

木材を揚げおろしする舟着き場だったからだろうか、そこの石垣はゆるやかな斜面に組んであって、着岸した舟から板を渡し、向う鉢巻をした男衆が木材をかついでは、特有の足どりで材木置場に担いでゆく。

そういう男たちはかならず和手拭いか何か、肩当てをしていて、ときどき、材木を肩にしたまま、足を開いて立ちどまる。そして、肩に当てた布のはしっこで顔の汗を拭くのである。すると木の皮だか苔だかが、汗が拭われてさっとあかくなった頬のあたりにくっついて垂れ下がったりする。木を担いだ男衆たちはそういうことなど意に介さない。目の奥がうなずくような色になって、材木を持ち直し、道の左右を見廻しては、材木置場めざして歩いてゆく。

こうした男たちは脛を脚絆で巻きあげているか、膝の下までコハゼのついた地下足袋を履いていた。膝下までの地下足袋というのは子供の目にも、足捌きがよさそうで、いなせにみえた。

材木担ぎはとてものことに真似はできなかったが、七夕の笹竹ならば、小さな枝を切ってもらって担ぐことができた。

七夕の前の日になると、長い笹竹を束ねて、大八車を曳きながら売りに来る人もいたが、永代橋の袂から揚げられたのがまっすぐで、色もよく丈夫だというので、父が見に行って、若い衆に担がせてくる。

七夕の竿は短冊や星さまをつけて、一週間くらいお祭りしたあと、笹のついたところからすっぱり切りとって水俣川に流した。残った丈夫な棹を洗濯用の竿にする。人夫さん用の蒲団もたくさん干さなければならなかったので、七夕竿を五本くらい、毎年買うのである。

父は年中行事をことにも大切にする人だった。七夕が雨と重なったときは、土方の人夫衆にも、短冊つなぎや、七色の紙の輪つなぎや花網などを切らせて喜んだ。墨を磨《す》るものあり、白い和紙を細く切ってこよりをひねるものあり、そのこよりを星や花や短冊に通すものありで、かねてはげしい肉体労働をしている兄《あぼ》たちが目を細めて取り組んだ。

手先のじつに器用な兄《あぼ》たちがいた。白の下に茜《あかね》や萌黄《もえぎ》を重ねたり、臙脂《えんじ》の下に藤色や紫を重ねた、それは綺麗な透かし模様の網が出来上ると、男衆たちも嘆声を発した。御馳走つくりの合間に、出来上りぐあいをのぞきにくる女衆たちの間で、ほめ上手は天草弁のお仲さんだった。

「あよう、まあ美《いつく》しさよ。男の手とは思われん。まあこの花網、誰をばこの網にかけようつもりじゃ」

いわれた澄男兄《あん》しゃんがすぐには返事ができないで、顔を赤くしていると、さしむかいでこよりを何十本もひねって並べている徳三さんが目をあげる。

「お仲さん、ひょっとすりゃあんたかもしれんぞ」

「んまあ、嬉しさよ」

団子の粉のくっついた手で、お仲さんは、ばしりとうら若い澄男兄しゃんの背中をたたく。粉が裸の背中に掌の形にくっついて、兄しゃんはあぐらをかいたまんま、前につんのめる。お仲さんはさらに若やいだ声を出してよろこんでみせる。

「言葉だけでも嬉しさよ、なあ」

みんなが聞いているのをぱっと見廻すと、掌をひろげ、

「今夜、この粉、つけてゆこ」

と言いながら、両の頬をぺたぺたやってみせ、畳にひろげてあるレースのような紙の網をそっとつまみあげる。女衆の中から、ころころ笑いになってゆくような声があ

がる。

「どうぞ、明日の晩は、雨の降りまっせんように」

ほのぐらい畳のあちこちに、色とりどりの七夕紙を星形に切ってつないだり、薬玉《くすだま》にしたのが座敷一杯足の踏み場もないくらいになって、夕方の陽に浮き出してみえる頃になると、若い衆たちの、目もとが、ほとほとなごんでくる。薬玉を作れるのは大叔母のおつまさまだったが、天草から彼女が来ない年の七夕は、それがなくてさびしかった。

短冊と筆を持った父が、座敷へまわってくる。

「お前どもも何か書け。何なりと書いて下げろ」

それまでせっせと慣れない紙細工にとり組んでいた兄たちは、いっせいに尻ごみして手を振り、誰も筆に手を出さない。

「なんなりとあるじゃろうが、願いごつの」

「そりゃ、ありもするばってん、人には見せられん」

「人にゃ見せんでよか、星さまに願うことじゃけん」

「いやあ、わしゃ字い知らん」

「嘘いえ。この前の雨降りに、文書《ふみ》きおったろが」

などというやりとりが賑わった。青々としている竿を、男衆の誰かが曳いてくる。長い帯のように貼りつらねた短冊や、輪飾りなどは、風にひらひらするように、なるべく梢の方に結びつけた。通る人たちにほめてもらいたい気持ちもあって、薬玉の下げられる年などは、よそさまのと見くらべて晴れがましい気がした。

笹の葉の間に、色もとりどり、形もさまざまな紙がゆれているのを持ちあげ、男三人ばかりで直立させるときは、女衆たちも台所から出て来て歓びあった。そんな時刻には空もたいてい晴れて来て、夕方近い風が出る。

「ほうお、眩《まば》ゆさよなあ」

まるで歌うような声を誰かがそっと出す。家並みのあちこちに早々と立てられたものを眺めると、一軒一軒、作風のようなのがあった。すべての紙を長くつないで幾十枚も吹き流し風にしたものや、輪飾りの多い家、星や花を愛らしくささめくようにつけている家などがあって、作り手たちの心がしのばれるのであった。

杭にくくりつけられた青竹の先で、大きな花冠のようにゆれている梢の下の枝に、弟の折った飛行機がいくつもくくりつけられた。弟は紙の飛行機の下に短冊をつけ、

「はじめ」と書くのであった。

「学校にもゆかん前、字ぃおぼえてまあ」

お仲さんがまっ先にほめてくれる。彼女はあらゆる色紙《いろがみ》がひるがえりはじめた梢を指さし、片掌を耳に当てながら言う。

「ほらな、聴ゆっど、さ鳴りしよっど」

そして大きな掌で、弟の頭をつかむようにして天に向けさせる。

「な、聴ゆっど、さ鳴りしよる」

夕空に透き通っていっせいにささめいている笹の葉の間に、やわらかい色紙がまとわりながら波立っている。

大地はまだ湿っていて、その湿りの中に台所から、甘酸っぱい香りがわあっと流れてくる。七夕ずしが出来上ったのだ。とれたての鯛とふんわり煮あげた湯葉、茗荷と、青ジソのまざりあった匂いだった。

この頃青ジソのことを大葉というようだが、ビニールにくるまれた貧弱な葉で、すしにはとても使えない。

から藷を抱く

南九州農村地帯の、中年以上の男たちは、から藷と聞くや、とたんに悪魔払いかなんぞをするような手つきになる。

「もうな、並の人生の二十倍くらい、食いこんでおいたで、まだ胸やけが残っとる」

わたしもひと頃そう思っていた時期があって、すっかり絶縁したつもりでいた。から藷とは田舎者の代名詞でもある。イモねえちゃんと言われれば、若い女のコは相当気落ちするのではないか。イモ兄ちゃんとはなぜか言わないが、本場の薩摩には、「から藷侍」なる語があったと聞く。言われた方はさぞや無念であったろう。

わたしの母はそういうことなどいっこうに無頓着な人で、十五夜すぎの新藷の頃になると、昼前に茹でたてを食べ、昼下りにも竹籠の蓋をとり、新藷特有の、皮目の割れたものを選びとって、嬉しそうな顔をした。そして朝もまた、ほんがり焼けているのを竈《かまど》の下からかき出して、灰を払っている。

「くどの下にくべといたら、栗のごたる。ほら」

これがまた子供の口にもじつにおいしかった。くどすなわち竈の下に、さつま諸や鰯などをくべる、ということを今はしなくなった。

昔は釜や鍋を竈にかけて薪で炊いたので、燃えつきてしまう前の燠《おき》の加減を上手にやれば、あの香ばしいおこげのついたご飯が出来上った。ついでに余熱を利用して、お釜の下ににが瓜を割って油と味噌を入れ、丸焼き風にしたり、栗も銀杏も里芋も、山芋のあのむかごも燠や熱灰で焼いて食べた。

ご飯が出来上らぬうちに子供がこれをやり急ぐと、「お米がゴッチンになる」と叱られた。子供らは火のことをそんな風に覚えたものである。弟らがとってきた川エビを串に刺して燠の上に置くと、ぴちぴちと手応えがして、エビはみるみる朱色になった。お弁当のお菜だと思うと燠の照り返しの中で赤くなってゆくのが嬉しかった。

ものによっては燠の上でなく、熱灰の下にくぐらせて、蒸し焼きにした方がよいのがあった。春のタラの芽などはそうやって蒸すと、あのトゲのごつい茶色の芽が、それは冴えた緑色になり、歯ごたえのみずみずしい逸品になる。これには胡麻味噌がよく合った。

南の島の人たちが、大きな葉っぱにタロイモや魚を包み、焼いた石を乗せ、熱々の葉っぱをほどいて頬ばっているのをテレビでみることがある。いかにも素朴で、贅沢だなあと思う。つい三、四十年前までわたしどももあんな風にやっていたのに。

あらためて思うけれども、くどにくべるとか、熾に乗せるやり方は、農山漁村のやり方で、藷にしても魚にしてもとれとれの、土の中や汐の中から来たまんまの姿であった。

隣町の鹿児島県出水の衆たちの、鮎とりバカのスナップをつくづく眺め、羨ましく思った。焼きたてのほくほくというあの味は、何によらず、海から川から畠から取れたてのものを、間髪を容れず、その場で火通ししたものである。

鮎であれば、広瀬川の川苔の匂いが鮎の躰にこもっているうち、ぱっぱと塩を振って焙り、ジューという音と香りが出たところを、頭と尾とを両手に持ち、熱いまんまを、唇を外に開き加減にして、あんぐり歯先でかぶりつくのが、一番おいしかろう。とやったことがない身としては想像する。出水の鮎は広瀬川の香りなのだろう。

水俣のから藷ならば、赤土粘土の粒子が、掘り上げたばかりのあの藷膚にくっついているのを焼きこんで、栗より上の味になる。そのから藷と、きっぱり絶縁したとばかり思っていたところ、思わぬ再会をしたのが東京だった。

もう二十年近くになるが、水俣の患者さんらにつき添って、丸の内のビル街の路上で座りこみをしていたことがある。チッソ本社のあるビルの前は、東京駅から有楽町へゆく線路が通り、夜になればそのガード下に、屋台風の店が灯をともした。うどん屋さんあり、一杯呑み屋さんあり、牛丼屋さんなどだった。

ガード下の一杯呑み屋というと、戦後のいわゆるカストリ雑誌というので、ちらと読んだような気がしていたので、これがそうかと興味をひかれたけれども、覗きにいく暇などはない。なにしろ座りこみなどやらかしてお腹をすかし、煮炊きの匂いには敏感になり、食べ物のまぼろしが目に浮かぶ。

この座りこみの特色は、無党派のふつうの生活人や学生がおおぜい加勢に押しかけたことだったけれども、わたしに目新しかったのは、津田塾や、アテネ・フランセの才媛たちが六、七人、はだしに近い甲斐甲斐しさで働いてくれたことだった。気品のある美女揃いでお茶目さんたちだった。

それがズタズタヨレヨレのジーパン姿なのがいっそ妖艶で、あれは流行のトップだったのかもしれない。ある日彼女らがそわそわしている。

「ねえねえ、誰かスカート持たない？　ワンピース持たない」などと聞えるので、

「学校へでもゆくの」というと、一人が説明した。

「うふふん、いえいえ、母君さまがみえるんですって。それで彼女、明日、お嬢さましなきゃいけないというわけ」

お嬢さまをしなけりゃいけない彼女は、いかにもさりげなく微笑んで、おどけてみせた。

「親がこの姿みたら、卒倒するかもしれないもんで、ふふふ」

そんな彼女らなのに、夕刻時分になって、ある呼び声が聞えるとなんとなくはしゃぎはじめ、ポケットのあちこちを探すのにわたしは気づいた。どんなときにももの静かな一群が、歓び声をあげて走り出すものだから、何事かと、遠目にみながら最初は頭をかしげていた。
二、三回目にそれがわかった。覚えのある匂いがふうっとして、新聞紙にくるんだものを大切そうに胸に抱えた一人が、羞《はにか》みながら来て、熱いのをわたしの胸に押しつ

けた。

「道子さんにも、はい！」

突然、焼きから諸に再会したのだった。彼女らはそれを「おさつ」というのであった。「お」がつく分だけ、諸は美女たちの胸で位が上ったようにみえた。それはなんとも情ない諸の味だったけれども、路上の冷えが骨にしみ透る夕刻、熱いおさつは懐《かい》炉《ろ》のようでもあり、彼女らの愛らしさとやさしさが身にしみ、彼女を生み育てて下さった母君さま方にわたしは感謝した。

気をつけて聞いていると、彼女らを走らせるかの呼び声は、

「いーしやーきいもうー」

というのである。どんなに遠くからでも、大都会の喧噪の中でも、彼女らはそれを聞きつける。そわそわが始まるのをみながら、わたしは水俣のわが家のから諸を食べさせてあげたいと思った。

彼女らはケーキを抱いたりはしない。から諸を抱くのである。「お」という敬称をつけて。お薩摩いも、ないし、薩摩おいもとはいわない。おさつと短く切りあげていうのが歯切れよく聞えた。

母が亡くなって、わたしはもうから藷畠にゆかなくなった。不思議なものでこの頃、母の遺伝子が復活したのだろう、突然から藷が恋しくなったのである。アメリカから藷、紅から藷、何とか黄金というのもあったなあ。

十五夜さまには、一軒一軒、秋の実りと山のお初を揃えて、ささやかな祈りと感謝をささげる、ひめやかなお祭をしたものだ。その日が来ぬうちに、から藷や里芋を掘って、十五夜さまより先にいただくものでない、とされていた。

お米

お米がしみじみとおいしい季節である。

生きているうちの九九・九九九九パーセントくらいは、物を忘れる、汽車におくれる、乗り間違える、〆切り日を間違える、手紙を入れ間違える、人に逢う時間を間違えるというぐあいのわたしでも、お米をいかに上手に炊くかということは入念にやる。たぶん死ぬまで、そそっかしのうっかり屋は治るまいと思われるが、その罰に、神さまから大事にしているあれやこれやを取りあげられるとする。

——厚い輪切りのから藷の天ぷらをとりあげるがどうか。

——え、いやあ、それは予期しませんでした。恨めしい。いえいえ、恨めしゅうない。南瓜もあればジャガイモもある。よもぎの天ぷらもある。こうなれば何でもかでい。

も、天ぷらにしてしまおう。わたしが悪いのですから、からいもの天ぷらは神さまにさしあげます。

——原稿用紙はいかに。

——さしあげます、はい。広告紙の裏という手があります。あんな紙の裏から、ひょっとして名作が生まれぬともかぎりません、はい。

——お前の創造力はどうか、これもとりあげる。

——さしあげますとも、とためらいなく言いながら考える。これほど愚にもつかぬ妄想を含んだ、わたしの創造力などおとりあげになっても、神さまにとって、神さまの価値を低める以外の何ものでもないのではありますまいか。

それにどこからどこまでが自分の創造力やら、夢の中での創造力というのもまったく予想外のことで、まだそれを自分で量りつくしたことはありません。笊にすくうとか、端から端まで切り取るとか思ってみても、見当もつきませず、どうやらそれは神さまの領分と分かちがたく結びついているようであります。ですからわたしの創造力など、神さまご自身の蒔かれた種の悪果でありますから、山に自生するマムシグサでもつみとったような、いやぁな気分になられるだけと愚考いたしますが……。

しかし、米を食べることを禁ずと言われたらどうしよう。たとえ水俣中の山が麺麭《パン》になり、ぴかぴかほっかり空にむかって香っている。死ぬまで取りほうだいですと言われても、わたしはお米が恋しくて、しんそこ神さまを恨むと思う。

鉄の羽釜で薪を燃やして炊いて、米がひとつぶひとつぶ立っていなければ、ご飯の味ではないとおっしゃる方もいる。けれどもしかし、お釜の尻につくあの、分厚い煤《すす》をいったい誰が磨き落すのだろう。

鍋肌が光ってくるまでの長い時間と、肩や腰の痛さと、手の皺に食い入ってはなれぬ煤の黒さを想えば、電気釜の発明は女たちにとって何という福音であったことだろう。お前、結構上手に炊いてくれるんだねえ、と電気釜に礼を言い言い、わたしはお米を仕込んでいる。

米といえば今をさる三十幾年前、鹿児島は大口市の農家で、百歳をこえたお婆さんが話してくださったことがある。親の代に天草から来たのだというその愛らしいお婆さんは言われた。

「今の世はなあ、楽も楽よ。昔の百姓のおなごはどういうあわれじゃったことよ。

あそこの田の米がよか、ここの田が美しかちゅうてもな、米を作る難儀がどういうことじゃったか。足のうらから指の股からほんなこつ、骨の髄までしみこんでおるよ。今の田植えは、もやいの組で出て、縄を張ってきつさも半分じゃなあ。

昔は一人一人の工面で、そら辛苦《しんく》辛苦して植えよったもんよ。胸までもつかる、ぬかる田んぼで、厚葉のついた木の枝をば、つん折ってきて、わが乗る舟にして、生《な》ま肥《ごえ》と苗をば入れた舟を、も一つ曳いて、はいってな、植ゆっとじゃっど。田に這うとった腰が伸ばずになあ、骨痛みせんもんはおらんじゃったど。

今の衆は立ったまんまで腰も曲げじ、ぱらぁっと金肥をばら撒けばよか風で、楽も楽じゃ。

あたいなんどの時代には、おなごちゅうもんは、もぐらよりか蟹《がね》よりか、哀れなもんごわしたど。後生にゆくまでも、骨病みをば持ってゆくとじゃろかいなあ。

昔はなあ、苗を植ゆるところを指で穴を掘って、生ま肥をば手ですくうて入れて、ぎったぎったと根を握って、一株一株植えよったもんごわしたど。それで足の指も手の指も、穴股ぐされでな、これがなあ、いちばんの難儀ごわした。

男の衆は早よ上って、だれやみなんどするのが当り前。囲炉裡のはたに座りこんで、皿をとってやれ、箸を肴を早よやらんかと、当り前のように言いつけて、よか気色じゃいども、おなごは息をつくひまもないも、ありはせん。冬のさなかでもまだ泥足のまんま、寒か土間におって、炊いて食わせて仕舞をして、あした炊く麦を搗いて、男の衆の酔くらい声をききながら、児をねせて、床に入ってからも、やれ小便じゃと起こして連れて出て、昔はどこも外便所じゃんしたで。いつ寝たろうかいと思うまもなく起き出してなあ。いついつ正月が来たやら、百を越えてしもうたちゅうが。八十になってからは、もう数えるのもどうでもよかあんばいじゃんしたど。

米作りのことだけは躰に植わっとってな、そこそこの雨風で、粒の揃うた籾が穫れた年の安堵ちゅうは何にもたとえられんもんじゃんした。秋の祭のお赤飯と、正月の餅米だけは、いかなことがあろうと、取っておいたもんじゃんしたがなあ。出来あがったお赤飯を神仏さまにあげて、ひとくち嚙んだときのなあ、あの気持ち、わが躰中から香りが立つごとあったど。

それもほんのいっときの間で、出し前が割り当てて来っで。わが身と引き替えに育てたお米じゃあもんを。一粒一粒がなあ、血の道や骨の病むのとひき替えで、日々のわが心が粒になっとるお米じゃあが。さらさらいうのを両掌に入れて眺めて、そげん思いおったど。

それをばなあ、やれ四俵出せ、五俵出せと割りつけて来て。ほんに泣く泣く、手塩にかけた粒々を撫でて、出しおったもんじゃんさあ」

三十年の余も昔聞いたことだが、穂波の上を渡る風のようだったお婆さんの声を思い出す。

「わが御亭《ごて》ともなあ、本心語りおうたこたなかった」とお婆さんは笑った。人と話したことよりも、語ることのできなかった胸の底の星の夜、風の起きてくる遠い彼方に聴き入っているような表情だった。

「こげな辛苦が、世の中にあるもんじゃろうかいと、わが身のことを嘆きおったが、思いもかけん長生きしてみて、世の中は動くもんじゃとわかり申したがなあ。

上方から戻ってきた、この先の家の孫が来ていうたが、『ばばさぁ、長生きしゃんせ。したらばなあ、まいっときすれば、枕元で、寝ておっても飯《まま》が炊くっ世の中がくっとやっど』ち言うてきかせたが。ええ、ほんになあ、嘘にしても、この婆ば、喜ばしゅうと思うていうてくるっとじゃ、有難うよなち、あたや言い申した。して後で考え申した。まんざら嘘ではなかかもしれん」

わたしは、父がまだ生きていた頃のわが家の囲炉裡端を思い出した。村の爺さまたちが常に四、五人集まっていた。米が出来たはなはもちろん、母の手作りのどぶろくがあった。

話題というのは、青年のころ互いにハメを外してしたことや、幽霊や妖怪の話が主だったが、かくあるべき文明の話になると、爺さまたちの口調が、がらりと近代的になるのがとてもおもしろかった。

「時に、話は変わるが」

と誰かが、ちょっと胸を反らしていいはじめる。

「まいっときすれば、このラジオの、トーキーのごたるとの出来《で》っ《く》ちゅうは、ほんなこってござっしゅか」

「儂《わし》もそん話は聞いとるぞ。トーキーちいえば、活動写真じゃろうが」

「ふーん、ラジオがトーキーにか。さすれば家で、活動見らるるちゅうわけじゃな」

「そりゃあ、たわ言じゃ。そういう世の中が、かりにも来るとしてみろ。この青少年の堕落しとる時代に、家で一斉に、活動写真のなんの見るようになってみろ、日本は滅亡すっぞ」

「儂もそう思わんでもなかが、今の世の中は勢いのついとるけんなあ。何が出て来んともかぎらん、うむ。ここの米はうまかのう」

そんなことを言いながら、爺さまたちは握り飯をほおばっていた。

くさぐさの祭

おせちには、なるべく家の伝統をと思うものの、わが家でも徐々に変わりつつある。幼い頃からそれが出ないと正月らしい気のしなかった白身鯨が、今年からなくなった。おとどしと去年、あちこち探したあげく、すっかり精が抜けて、油っぽい紙のようになった超古物を買い当ててしまった。茹であげて水にさらしすぎ、ふにゃふにゃに膨らんだのをよく売っているが、それは買わない。正月に用いるには、塩の量目が圧倒的に多くて、中身を塩から掘り出すようなのがいい。さっと水洗いして、ぐらぐら煮立った熱湯を三度ほど注いではこぼし、二十分くらい流水にさらすと、ちりちりと身が締り、ほどよい塩気も残る。生姜か柚子のぬたでいただく一品だった。

二年もつづいて、ちりちりともならない代物になってしまって、今年から廃止ということにした。

なくしてしまったひとつにお煮染がある。

母の存命中は必ず作り、若い者が手を出さないで最後まで残ると母はもったいながって何回でも温め直して食べていた。干し大根、人参、牛蒡、里芋、蓮根、干しつわ蕗、干し蕨、干し筍、干し芋がら、椎茸、揚げなどを、煮干しのおダシで煮込むのだが、冬野菜の味が渾然としみあって煮染とはよくぞいうと思う。お精進のときは高野豆腐が加わる。干し筍のほかはぜんぶ、蒟蒻も自家製で、今流にいえば有機栽培、完全無農薬健康食品の大集合である。

春秋の彼岸、三月の節句、八幡さまの祭、五月の節句、田植、稲刈、麦蒔き、麦仕《むぎし》納《の》、川祭、七夕、八朔、山の神さまの祭、十五夜、月々の二十三夜待ちと、年中行事のたびごとにこしらえた。川祭とは村で使う井戸の神さまの祭である。それは農作業の陰暦と密接に結びついた食べごしらえだった。

母はケタ外れにたくさんこしらえる人で、ありとあらゆる容れ物を探して客に持たせる。

「くさぐさばかりですばってん、よその物なら、にが菜もご馳走ちいいますで」

そう言って押しつけながら羞《はにか》み笑いをする。

バカ盛大に作る気風はわたしと妹に遺伝した。特別の食べごしらえをするのを母は「ものごとをする」と言っていた。

「いつ、ものごとをするかわからんで、煮染草なりと集めておかんば」

口癖にそう言って暇さえあれば干し野菜を作る。

ものごとの日、直径六十センチばかりの大鍋にまず、大きな新しい煮干しをわらわらと底に敷く。水を張り、砂を取った昆布を長いなりに折って十本ばかり入れる。戻した干しつわ蕗、干し蕨、干し大根も長い姿のまんま揃えて入れてゆく。お精進のときの干し野菜は、油でいためてから右のようにする。

とろ火にかけ、下味がうっすらついた頃をみはからって、皮をむいた人参を切らないで一本ながら並べてゆく。蒟蒻はなかなか味がしみないので、椎茸に添わせるように昆布の近くに置く。生大根は、さすがに、一本丸煮ということはなかった。

「人参は丸のまま煮る」

といわれて、食べごしらえに興味をおぼえはじめた頃は、大雑把に思えて抵抗を感じたものだった。

その頃さるお医者さまの家にゆくことがあって、たまたま器に盛られたお煮染をみた。おひな様のお飾りみたいに小さく切り揃えられた人参、牛蒡をみてじつにびっくりしたものである。わが家のはその六倍くらいも大ぶりで、これは田舎流だと思ったものだった。

長いなりのまま、じっくり煮含められた昆布や干し野菜、人参は、煮上ってから寸法を合わせて切り揃えた。畠からすぐ鍋の中に来た人参などは、ことに切り口が綺麗で、古い青絵の大皿に盛りつけると豪快で、母の言葉を借りれば、「くさぐさのお祭」みたいだった。

料理の本などみれば、今は小ぶりに品よくこしらえて、「吹き寄せ」などというけれども、昔の人たちは躰をよく動かしていたうえに、こういう食べものをお腹いっぱいいただいて、ひきしまった筋肉質の五体をしていた。

しかし、その野菜たちの下ごしらえの手のいること。スナック味になれた世代には喜ばれないので、熱心にこしらえたものがいつも残ってしまう。

最後まで食べつくすなど、わたしはとてもできない。母にならって、おいしいうちに方々へ配るのを常として来た。しかしこの頃、それがしんどくなってきて、ついにここ幾年か、地鶏を使った筑前煮に切り替えたけれど、それも今年はやめて、馬のすじと厚切り大根のおでんを作ったら大そう喜ばれた。

去年から鯛の腹に味つけ豆腐を詰めて糸でしばり、揚げてみるのがおもしろくなっている。

鱗を剝ぎ、腸とエラをとる。エラは指でははずしにくいので、料理鋏で切る。骨があっては食べにくかろうと、去年は背骨も、肋の骨も一本一本抜いて薄塩をし、メリケン粉を口から顎の中へ振り入れ、豆腐は絞りすぎぬようにふんわりとさせて味をつけて詰める。

「あらあ、おいしか。腹子のいっぱい」

そういって、頭も尻尾もかじってしまった人がいる。

「豆腐でございます」

と言うと、いっそう喜ばれる。豆腐が鯛の味を吸いとっておいしくなるのである。

正月には漁師さん一家が来てくださった。撮影用に松などをそえて黒檀の花台に盛りつけたのをみて、

「お、ほうー、ここらへんにゃ鯛の来るとばいなあ。うちの網にゃ、こういう大鯛は

はいってこん」

と喜んでみせられる。この人たちには、ひと目で冷凍ものとわかるのである。

去年は骨抜きにしたけれども、じつに手がかかった。魚好きさんは上手に骨をとって食べることだし、中骨があった方がおダシが豆腐によくしみるだろう、と思ったので、今年は背びらきにしてワタとエラだけを抜いた。骨が通っている分しゃんとして、揚げた姿がよい。

本職さんたちはこういう場合どうやられるのだろう。豆腐に椎茸、木くらげ、人参などをたたきこんで詰めても祝い膳になるだろう。

ちなみにふだんわが家で、鯛を丸ごと買うなどめったにない。弟と家人が鯵釣りに出かけると、間違って鯛がかかってくる。天然物なので正月用に冷凍しておくのである。

例年の三色曙寄せを作るつもりだったが、どっとくたびれて、今年は車えびを入れた単純な寄せ物にした。それに抹茶とユリ根を合わせたほの甘いゼリー、これは毎年作っている。

ユリ根は父がよく山から掘って来て、両掌にのせてはながめ、小鍋を七輪にかけて崩れぬよう大切に煮て、舌にひとひらずつのせてくれて嘆賞していたのを思い出す。

つみ草

早春の気配がすればもう、わたしは野に出ずにはおられない。日にち毎日、水辺や野中道の方にばかり心が向いて、机仕事の合間をみては、草履と散歩靴を出したり入れたりする。二、三日前はとうとう川土手をさかのぼって日暮れに戻りついた。

まだ肌寒い頃の流れの音というものは、いわくいい難い呼び声に聞える。それはごくごく幼い頃の谷間の景色と結びついているのだが、さらにはまた、湧き出る水の雫であったような、とおい生命の時代を思いだすからだろうか。

冬枯れ色の川辺で、流れの音のするようなところに緑をみつけると、クレソンである。一、二本がまず川の中の枯れ枝かなにかにとっつかまって芽ぐみはじめると、みるみるうちに密生してまろい群落をつくるので、遠目にもすぐわかる。それを目指してゆけば、付近に芹も芽立っていて、水栽培の自然農園を、あちこち持っている気分になる。

春が近づくと、とりつかれたように草摘みに出るわたしをみて、母が言っていた。

「畑作らん人のごたるよ。たいがいにせんば」

母の死後、実家をはなれて、ほんとうに畑を持たなくなった今、草の芽吹いてくる頃の、上古の人たちの野原へのときめきが、よりいっそう自分の中に甦ってくるのを覚える。

ところでこのクレソン、わたしのまわりでは台湾芹と称して、あんまり採らない。古歌に出てくる芹とは様子がちがう。ひょっとして帰化植物かと思って調べてみた。案の定、これはアブラナ科で、ヨーロッパやアジア原産とある。和名をオランダがらしといって、生で食べると名のごとく辛いが、茹でると色美しく、くせが消え、しんから早春の緑を食べたという気がする。

川べりをさらにゆくと、あちこちに野草化したカラシ菜を見つけた。栽培種も、もともとはこんな野草であったろうから、ひょっとして原種ではあるまいか、大発見じゃなどと思いながら摘んで来た。

どこから種が飛んでくるのか、高菜よりは細く、葉っぱのまわりのぎざぎざも丈夫そうなのを、柔らかそうなところだけ摘み取ると、野生の香りがほとばしる。

まだ茶色の芽をしたつつじがそこここにあって、その根元などに、ふけ立ったような蓬の芽の群落がひろがりつつある。これはまだ摘むには気の毒である。かがまって眺めているうち、どっと懐旧の念につつまれる。

夏の盛りになると、せっせと繁りあって葉も厚くなり、とても苦くて食べられないけれど、その頃の蓬はお灸のもぐさにするには絶好といわれる。近所のお婆さんたちが摘みに出て、筵《むしろ》にひろげては陰干しして、からからになったところを手で押し揉みすると、葉っぱの裏に密生している短い綿毛が寄り合いながら、もぐさになってゆく。子供の目にもつくり方がよくわかった。

婆さまたちは椿の木陰などに筵をひろげ、その中に座りこんで、ゆっくりゆっくり両手と上体を動かしていた。それぞれの家にまつわりついていた事情とともに、村にはいろいろなことがあった。すべてそれは人間にまつわることどもだった。ひとりひとりの顔や姿は、家というものを色濃くあらわしていたものだ。一軒一軒によってちがう、いわく因縁など、村人たちにはほぼわかっていて、それが村々の風雪というものだった。

蓬は、六月頃から出はじめる蚊の、蚊やりにもよく使われた。ことに戦時中は蚊とり線香も切れていたので、夕方になって、まわりの藪がぶんぶんいいはじめると、父は家のまわりの蓬をかがり取らせ、束にして、風呂の焚き口の炎の中にそれをくべる。しばらくすると燃えつくのだが、生葉だからわっと燃え上るということはない。ほどよく蒸れたようになってくすぶり続け、特有の香りをくゆらせながら煙を出す。蚊はそれが苦手とみえ、床下や家のまわりにさしのべながらまわっていると、あのうるさい声が遠のいてゆく。灯りもない牛小屋にも煙の束をあちこちさし入れてやる。しきりに足踏みし、尻尾をふりあげていた牛が足踏みをやめ、耳もぴくぴくしなくなってくるのをみれば、よっぽど蓬の蚊やりは効能があったとみえる。

母は「胸のせきあげる」という病気を持っていたけれど、発作がくると蓬を採らせ、瓦を焼いて蓬の葉で分厚くくるみ、タオルに包んで胸に当てていた。誰から習った民間療法だったろう。母の匂いと息づかいにまざって、蒸れた蓬の香りが漂う中で、考えこんでいたものだ。萌えそめた若芽を見ていれば、どっとせつなくなってくる。

あれを想い、これを思いしながら、採ってきたカラシ菜を、消毒のつもりで塩を入れた熱湯にくぐらせた。浅漬けにするつもりである。水にとって冷やす。緑がじつに新鮮だ。多めの塩をまぶして手揉みにし、あく出しのつもりでよく絞った。生葉のときの十分の一くらいになる。きれいに揃えて瀬戸引鍋に入れ、皿をかぶせて小さな重しをのせる。皿から中味がはみ出さぬよう、重しが等分に乗っているかよくたしかめる。

朝になってのぞくと、なんともきれいな鶯色の汁が滲み出ている。あげてみたいのを我慢して、夕方重しをのけてみた。

つうーんとカラシが立って、鼻にはもちろん目にまで、ぱっと煙が来たようにしみたのには愕いた。こんなに見事にカラシが立つとは思ってもみなかったのである。抜群の香りと青くさいような風味。そして歯ざわりのよさ。躰のすみずみがおどろきめざめてゆくような、ぴりぴりと諧調のある辛み。冬の土に育てられたみずみずしい真緑。これは炊きたての白い御飯にかぎる。試しに鰹節をまぶして食べた。ゆたかなる聖餐と思う。

仏壇に供える。父は季節の初もの、ことにも野の草を大切に扱って、家族らに食べさせた。それはほとんど儀式だった。ことに七草粥のときは、がんぜない子たちを前にすえて、必ず一場の訓辞をしたものだった。飢饉のとき天草では何を食べてきたか、海山のめぐみとはどういうことか。神仏の配慮を心得ぬ人間がふえているのはまことに情ない、食べ物をなんでも店で買おうというのは堕落のはじまりじゃ、というようなことだった。その都度私たちは自分の知らぬことを叱られている気がし、母は湯気の立った七草粥の椀を置いたり持ちあげたりして、ほらほらまた、亀太郎さんの癖の始まった、せっかくの七草粥が冷えてしまう、という顔をしていたものである。

その父母《ちちはは》に芹のごはんと磯ごんにゃくを作って供え、菜漬もそえたが、まことにものがなしい。

磯ごんにゃくは、イギスという、テングサよりやや筋の大きな海草が材料で、米糠の汁で炊きつめると固まって、早春の海の香りがむんむんする。胡麻入りの三杯酢で食べたり、甘味を加えて口取りに出したりする。

薩摩のかつお

京都の志村ふくみさんにお目にかかりに行ってきた。この方は草木染と織りをなさっているが、お文章もただならぬ名品である。

先月はるばるお越しくださったのに、歓迎のあまりご馳走づくりに熱中してしまい、肝心のお話をする時間をなくしてしまった。

大変失礼したと思っていた矢先、瀬戸内寂聴さんと対談をしないかという話がとびこんできた。ところは京都の寂庵である。そこから五分くらいのところが志村さんのお宅だと伺っている。またとない機会と思い、申しこんでお邪魔させていただくことになった。

志村さんは嵯峨のご自宅からバスで二時間もかかる鞍馬の山奥に仕事場をかまえて

おられる由である。そこを尋ねてゆこうと思っていたら、わざわざ下山して、お待ちくださっていた。恐縮でならなかったけれども、なによりわたしは『一色一生』という本を書かれ、最近では「母なる色」という文章を、自分たちで編集なさる雑誌に連載されている。草木のいのちにさわり、色の音《ね》に耳を澄まされ、そんな自然を通して、日本人の心の中に衰えないもの、光をはなつものを見ておられる。そのお心に、わたしとしては少しなりともふれたい。

お家でも和服でいらっしゃるとばかり思っていた。これまでお目にかかった折は、自分で染めて織られた着物をしっくり着こなして、じつに全身像の美しいお方である。ところがその日は思いがけなく、オリーブ色の更紗模様の長いブラウスに、なんともいえぬ渋い光沢の、鼠地のゆったりしたズボンを召していらっしゃった。ご自分で染めて織られたものだろうか。

いろいろなお話の合い間に、

「あ、色をおみせしましょうね」

とおっしゃって、軽々と枯れたような籐の、小さなつづら籠を持って来られた。

見せていただきたいのはやまやまだが、お話の方も伺いたく、言い出しそびれていたのである。いかなる色やらん、と目を凝らす。

息をのむ思いでいると、いとしむような手つきで蓋をあけられた。ふっくりと束ねられた色糸が畳の上にあふれ出て、まるでそれはいのちの精だった。なまめきというべきか、かがやきというべきか。同行した径書房の原田奈翁雄氏が嘆声をあげ、しきりに吐息をついていらっしゃる。

緑がある、黄色がある、藍がある、深紅がある。よりをかけてない絹糸の光のやわらかさ眩しさ。思わず私は言った。

「こういう深紅にかかわっていたら、わたくしでしたら、精をとられてしまいそうでこわいですねえ」

「そうなんですよ。もう何年も何年も赤にこだわりまして、すおうばっかり染めていた時期がありましたけど、ほんとにそうなります」

とおっしゃって、糸の束を掌の上に乗せられる。わたしはこわくて手にとれなかった。

こんな色に染めつくまで、どんな草、どんな花々、どのような木々の姿が、志村さんのまならうらに残っていることだろう。それを考えると目くるめく想いがする。源氏物語に描き出された衣裳の色や完成期の能衣裳などを考え併せると、遠い昔の日本の女たちが草を摘み、その実や根で糸を染めていた頃の感受性をこの方は再現し、その上また、山野の姿が大変貌をみせている今の時代の、区切りめの苦悩をかかえながら、深山の奥でひとり織っていらっしゃるのだと思えてくる。

この方、言葉はやわらかいが、常ならずはげしい力が身の内にせめぎあっておられるように見受けられる。いま、ゲーテの色彩論にあわせて、お仕事の意味を文章の方にも紡いでいらっしゃるが、ほんとうに仕上りが楽しみである。

夕方の時分どきに伺ったものだから、ついご馳走になってしまった。鞍馬の山奥から、この夕餐のために摘んでこられたという山菜を主にした献立だった。九州ではこのように大きいものは見うけないイタドリの茎の煮もの。ワサビの茎と葉っぱのおひたし。独活《うど》の和えもの風、ご近所にあるという百合の根入りの、ガンモドキとワラビの煮物、そして圧巻は、何という焼物なのか、いずれ名のある陶工の作なのだろう、備前焼風のどっしりした深皿に盛られた鰹のたたきだった。

ふつうの刺身の三倍ほどにも大ぶりに切った鰹である。生にんにくと青菜をたっぷりあしらって、選びとられた素材と心ばえがおおらかに盛りこめられたおもてなしに、わたしはおろおろしてしまった。鰹のたたきは、志村さんのご息女洋子さんのお得意であるという。

　それがまことに忘れ難く、今度の『Q』の献立には、鞍馬の奥に通じる道の気配に遠くあやかって、よし、薩摩の鰹のたたきでゆこう、とわたしは決心したのである。

　時は五月、枕崎あたりに鰹がどっとおし寄せ、市場に積み上げられて、ぷりぷり青光りしているにちがいない。

　隣の出水市は鹿児島県で、五月の鰹により近い。ほかのものなら自分で仕入れにゆくのだが、詩人の岡田哲也さんなら目利きもたしかであろう。「薩摩の鰹というイメージはどうでしょう」と電話すると、「ああ、それはいい、いいですね。大ぶりなのがいいですね」と詩人は仕入れ方を快諾した。

　赤キャベツの酢漬け、焼いた太刀魚の押しずし、口取り用の、山芋とグリーンピースの茶巾絞り、にが瓜の花田楽と、次々出来上るのに鰹が来ない。さっといぶすだけのたたきだから最後でいい、と待っていると、スタッフの大田青年と滝本嬢が思いつめた顔で飛びこんできた。

「出水には鰹は居らんかったです。水俣中の魚屋を廻って、一匹みつけました」

大ぶりとはとても言えない。五月になぜ鰹が来ないかしらん、土佐の方へ行っちゃったかなと思ったが、鮮度は抜群だった。庭に煉瓦のカマドを作って炭火で焼こう。荒塩とにんにくをなすりつけておいて、金串を打ち、庭に出た。日ざしが強くて炭火の色が白くみえる。松葉をくべたいのだけれど、それはない。

焦げめを少々と思うがなかなかつかず、業を煮やして、炭火をじかに皮目に乗せた。氷水に取り、包丁を入れた。白くうっすらと焼けた外側に包まれて玉虫色の肉がきれいにあらわれるつもりだった。それが、刃がとおる前に身がくずれる。中まで焼き上っていたのである。

岡田さんがのんびりした顔でみえた。かくかくしかじか、失敗の巻というと、もう一カ所廻ってみますと、すっ飛んで出ていった。すっかり意欲を失っているところに、鰹がまたもや一匹あらわれた。今度はガス火でやってみる。火がたりないなと思ったけれど、失敗にこりている。「僕が切ってみます」と岡田さん。皮が青々しているままなのが写真に写らなければよいがと思いつつ、角皿に盛る。

茶巾絞りは「わらび野」と名をつけた。じつは山芋を酢水に漬けすぎて、ほのかに酢の味がした。手早く一気に仕上げるべきであった。灰汁《あく》が出て茶色にならぬようにと思ってしたのだが、引きあげ忘れたのだった。

さなぶり

枝豆の出盛りである。

わが家でもそうだったが、近所でも、大豆というものは畑一面に蒔かれたのはめったに見られず、麦のまだ大きくならない畑のぐるりなどに、遠慮したように稔っていたものである。

昔ここらの農村では、青い未熟な大豆を引っこ抜いて酒のつまみにするなど、もったいなくて、思いもよらぬことだった。水俣あたりの粘土質の土壌には大豆は合わず、葉が青々と繁っても実のつきが悪かった。しるしばかりでも蒔いていたのは、黄粉や味噌をつくるのに必要だったからだろう。

麦を刈ったあと、梅雨気味になると、刈り株の残っていた畑はそれっとばかりに鋤《す》き返されて、一面、水を張った田んぼに変貌する。蛙たちの声が急に身近になり、小川や水辺の葦や葭の繁みが日毎にふくらんでゆく。風土の力が、ぐんぐんみなぎり広がってゆくようなこの頃の景色は、稲の成長とともに農村の気分にも清新な活力を与えるのではないか。水辺が霧雨に煙る夕べの頃がわたしは好きである。

七月のたべものといえば何だろう。枝豆のほかに、トイモ柄《がら》というのがある。いろいろの芋の中でも、とりわけ茎のさみどりがみずみずしく、採りたてを生で料理すると色も美しい。

赤芽芋、白芽芋などは根を掘りあげるとき、茎というか、柄も捨てずに切りとって、皮をむいて干しあげ、大根やぜんまいや蕨などとともに保存した。青野菜が切れる頃、汁の実に使ったものだった。今は青菜の端境期などというのもないが、干し野菜の中でも芋柄《いもがら》はことに珍味という気がしていた。

トイモの根の見かけは里芋そっくりだけれど、伸びてくる芋柄を外側から順々に切りとって、おみおつけや煮染や白和えなどにする。夏はしかし、生のままはすにそいで塩をふり、ぎゅっと絞った酢のものがいちばんで、さくさくとした歯ざわりが涼しく、咽喉がひきしまるような食感である。

次々に出てくる若茎を外側の柄がしっかり抱いて成長するので、懐の若芽を傷つけぬよう用心して、外側だけ切りとってゆく。すると切り口に露のしずくのような灰汁が滲み出る。

小学校の三年生の頃、はじめて自分で縫った真白いワンピースを着て、踊りながら芋畑にはいったところ、あくる日、点々と茶色のしみができて、それはがっかりしたことがある。芋柄の灰汁がその犯人だった。

宮崎地方に「いもがらぼくと」なる民謡があるけれども、木刀ほどにも大きくなった茎をいうのかもしれない。

もっぱら茎をたべる種類では、若芽を抱く合わせ目のところに紅がさしている水芋がある。汁物の実にするととてもやわらかい。

家々の供養の料理を、村内の女たちが作っていた頃、芋柄を誰がこしらえるか、お互いゆずりあったものだ。芋柄は誰がこしらえてもうまくゆくとはかぎらない。

「わたしは、手が合わんもんで」

とお互い、エプロンで両手を揉むようにして後ずさりし、笑いながら辞退する理由は、茎と手との相性が悪いということだった。皮をむく段階でたちまち手が痒《かゆ》くなる。

不思議なもので、手が痒くなる人のこしらえた芋柄料理はえぐくなるのである。酢のものなど、味つけはほかの者がやってもよいのだが、皮むきと、塩もみ、絞りの段階で痒みが出たら、料理はもう台なしである。やった本人は両の手先から肘の上まで赤く地腫れして、ひどい人だと二、三日しても治らない。

しかし中には、けたはずれの手を持つ人もいて、咽喉がひっかきまわされるようなえぐみの強い里芋の茎さえも、その人の手にかかると、えぐみはすっかり影をひそめ、ふっくらした繊維質の茎が、美味そのものになる、というのである。そういう手はめったにあるものではなく、「どこそこの誰それさんな、よっぽど手のよか人ばい」と女房たちは畏敬したが、里芋の柄の酢のものを、誰も食べたものはいないのであった。

宮崎や大分に近い山奥にゆくと、今でも芋柄を藁に貫いて干してあるのを見かける。どういう手が皮をむいたろう。

田植えのあがりの「さなぶり」の煮染に、いつも、馬鈴薯を使うべきか、南瓜を使うべきかさんざん悩んだ末に、いつも両方とも使ってしまうのであった。どちらか一方だけ使うべきだというのが献立を作るときの大方の意見だった。理由は両方とも「ねまりやすい」からである。食べ物がいたむことを当地方ではねまる、という。

ねまらさぬよう、はじめから量を控えてすればよいのだけれど、それはできない。どなたが加勢にみえるかわからないからである。

一日では済まぬ田植えで、二日目、三日目になると人数が増え、さなぶりの日になると、こちらからお願いしてある人数の倍くらいになる。わざわざ仕事をやすんで、終わりの日を見定めて来てくださるのだから、加勢はいりませんと辞退するのも悪い。

祭のようになって、さして広い田んぼでもないのに、歌やらかけ声やら猥談やらが、太鼓三味線を鳴らすようなぐあいにどんどん賑わって、部落中に聞えはじめる。

賄い方の方も戦争のようになる。足りないトイモや胡瓜を採りに走り出す。揚げを買い足しにゆく。鯵を買い足すべく魚屋に自転車を走らせたが、同じ大きさのものはもうなくて、太刀魚しかなかった、どうしようなどと息せき切って言いにくる。わが家のさなぶりでは、高浜焼の青絵の中皿に、尾頭つきの枕魚を向うに乗せ、手前には色どりよく、くさぐさの野菜を煮染めたものを並べた。七十人前くらいいつも作った。

メインは、何といっても焙るか煮付けるかした枕魚だから、多少のちがいはあっても、隣同士であんまり大きさの差があってはいけない。今とちがって、ふだんの食べ物も慎ましかった時代、ぬかるむ泥田に両足を引っぱられながら、どうかした日には雨にずぶ濡れになって植える重労働である。腹のへり方が今とは格段にちがったのだ。心をこめてもてなさねばならなかった。

胡瓜かトイモの酢のもの、中壺にはこの時期、塩茹での石海老があった。それに鰯のぬた。ぬたには生姜と青ジソを刻んで盛った。おから、きんぴら。さなぶりは酒盛りになるので、揚げ物など肴になるものをたくさん用意した。お赤飯は二斗ばかり蒸した。

最初の「代《しろ》かき」から田植えははじまった。水の張った泥田のでこぼこを、苗が植えやすいように馬が鋤きならすのである。田植えの朝の一番仕事で、仕上ったとき、馬にも馬方さんにも団子と酒を振舞う。馬にはどうやって酒を呑ますのかと見ていると、歯茎の横っちょをこじあけさせて馬方さんが怒鳴る。

「おら、あけんか。おーら、お神酒ぞ」

目を白黒させて開いた歯茎の横から、一升びんの口を突っこんで注ぐのだったが、酒の味を馬はどう思っていたことだろう。団子はだから、馬が到着する頃は仕上げておかねばならなかった。

男たちの酒ぐせを女房たちはよく心得ていた。楽しみは、そんなだみ声を聞き流しながら食べる、食後の団子だった。七夕団子と一緒になることもあった。

灰汁の加減

二日ほど、宮崎県境に近い山の苔寺に連れて行ってもらった。熊本市の南を流れる緑川の源流の村である。

このあたりの山村の二百年くらい前を舞台にして、メルヘンを書いているけれども、ときどき行ってみないと、平地とはちがう季節感や、山深い村の表情がわからない。高原のような村々には秋風が立ち、うす桃色の河原撫子が草むらにゆれていた。

小説の中では、年をとって少うし化けかかったような黒猫や、原野の生きものたちや、運命を告げてまわるふくろうのお婆さんなどが出てくる。

そういうものたちの気配に接したいと思って、その村に行ったのだった。

寺には、以前から親しい青年が養子に来ているが、彼はこの苔寺をいたく気に入っている様子だった。

もともとはこの村の出身で、若さにまかせて出奔していた。熊本市の寺にひろわれてそこで十数年をすごすうち、運よく出身の村のお寺から養子の口がかかったのである。近頃はふるさと再発見をしているらしく、自分の村のことをよきにつけあしきにつけ、ため息まじりにいろいろ教えてくれる。

その夜も身振りをまじえながら、彼がふくろうの話をしはじめた。裏の竹藪に、古い大きな椋の木があって、ときどきふくろうが来て啼くそうだ。

ところが去年の秋の彼岸が近づいた頃、その椋の木に、とほうもない大声のふくろうが来たという。犬じゃろか、牛じゃろかと思うような声だったそうだ。よっぽどその声が印象ぶかかったとみえ、この若い僧は細い首を振り、頬をふくらませ、まなこを飛び出させそうにして、幾度かその怪声を真似てみせた。

「うふぉほほっ。いやちがう。うをほっほほう」

お経のうまい繊細な声のもちぬしが、食事の途中で中腰になり、とんでもない奇声を出してやり直してみせる。大真面目である。

わたしたちはお腹を押えて笑った。犬の声といっても、ふだんの声なのか遠吠えなのか、牛ともいうから、それは変化《へんげ》というものに近かったろう。彼の奮闘にもかかわらず、想像が及ばない。

わたしたちの笑いころげるのをみて、彼は偉大な声の真価が伝わらないのが残念らしく、首を振っている。

翌朝目がさめると、お御堂の天井に棲んでいるコウモリが糞を落していると、若夫人が漆塗りの経台を抱えてみえた。コウモリの糞とは、はじめてである。

のぞいてみると、落してまだ間がないような、湿り気のあるオレンジ色の、籾粒を細くねじったような粒々が、黒い経台の上に形よく連なっている。

ふくろうの声といいコウモリの糞の色といい、さすがに九州脊梁《せきりょう》山地に近い村となると、山の精気が生々しいなあ、見えない奥には何が棲んでいるだろうとわたしは思った。

台地の上にひらかれた田んぼの間を通ったとき、運転をしてくれる青年が横をみて、

「ああ、俺気《おるげ》の稲ば、猪の来て、まぜて行っとるですよ」

というので、あとを振り返ってみると、なるほど、穂の出かけた稲の株をぐるりと倒している箇所がみえるのだった。

「まあ、まだよう稔りもしておらんのに、もう食べに来たですか」

「はいもう、稔ってからじゃなくて、あの、まだ乳のごたる時期にですね、米になる前の。あれが甘かってでしょうね。よう知っとるもんですね」

「あらあ、わたしはまた、猪が牙で籾をしごいて、口の中で精米しながら、食べるのかと思うとったですよ」

といううと、

「うんね、籾は籾ばってん、まだ白か乳汁ですよ。嚙みしゃぶるとでっしょ、口ん中に集めといて」

彼の言いかたを聞けば、稔らぬ前の稲穂の乳汁がいかにも甘そうで、田の中を大きく「まぜて」稚い稲穂を集める猪の手つきが、鎌を持った人間の手より器用そうに思い浮かんだ。手ではなく、鼻と牙でそれをやるのかもしれない。

「あの田んぼはもう、ワヤですね」

猪に感心ばかりしていては悪いと思い、急いでわたしが言うと、ぶっきらぼうな返事が来た。

「もう、ボクですたい」

この青年に逢いはじめて三年くらいになるが、もうダメとか、おしまいとか、なにもかもパアになったというようなとき、この人は〝ボク〟という。村の方言らしい。今までになかったことだが、猪は、宮崎県境のここらの山村だけでなく、一昨年あたりから水俣のわたしの家のすぐ横の山コバにまで出てくるようになった。

「きょうの料理に、から藷の掘り立ては要らんと？」

近所にいる叔母が台所の気配をのぞき、畠を見にゆこうとしたが、ふり返って笑った。

「去年はまあ、彼岸の仏さまにもあげんうちに、猪殿が初掘りしてくれてねえ」

叔母は小さな尾根の海寄りに、幾ヵ所か狭い段々畠を作っている。猪はその中でも、一番味のよくできる畠のから藷を、まっさきに頂戴したのだそうだ。

「せっかく辛苦々々して、土用の草とりも、何べんしたろうかもう。十五夜さまには早かろう、お彼岸に掘ろうち思うとったて」

と、しばらくはがっくりしていた。

今度の食べごしらえには藷は使わないというと、拍子抜けした表情で帰って行った。

そんな去年の料理のときのことを、山寺で思い出したことだった。

夕食に、ご法事のいただきものという山菜のお煮染が出た。干しぜんまい、干し筍はもちろんのこと、塩漬けした独活やタラの芽を上手にもどして、ふっくりと煮てあった。そのほかに、前にもいただいたことのある、この寺の叔母さまの味付けになる、地鶏のキモとヒモとを、特別に出してくださった。これがじつに香ばしい。いかにも山国のお彼岸ごろの味わいで、ひょっとすればお醤油も手作りかもしれない。

山菜は生のままでは灰汁がつよすぎ、とても口には入れられない。その灰汁を抜き干しあげて、こんなに深みのある味にしあげ、折々のもてなしになさる。春の野の光の中で、ぜんまいや独活をさがし歩いて摘むのから始まって、指先を茶色に染めながら灰汁抜きし、干しあげ、戻し、味をつけて食膳にのせるまで、どんなに手間がかかることか。

わたしも三十代までは母にならって全過程を手がけていたが、今はできなくなった。山国を車で通って、無人販売の小屋に山菜の干しものが乾からびて売れ残っているのをみると、ひとかたならぬ感慨をおぼえる。

村の人々の表情も上手に灰汁を加減したような、中世あたりの能面を思わせた。

花ぼけむらさき

九州南部で「からいも」が収穫される頃、東北の方ではリンゴが実るらしい。東京の友人にときどき掘り立てを送っていたらここ幾年か、信州経由でリンゴが届くようになった。これが食べなれている味と全然違う。

まずあの重い果実を枝につないでいる細い茎が真新しく、紅色が鮮やかである。ひと口齧ると果汁がしゅっしゅと口中に散り広がって水煙をあげるような、歯が一斉に立ち上って快哉をあげるような嚙み応えがある。荷箱が到着するや、そこら中芳香が立ちこめる。

ああこれこそは宮沢賢治が特別の位を与えて「苹果《りんご》」と書いた、あのリンゴだと思う。茎の赤さが違います、とお礼をいうと送り主の彼女、「まあ茎やなんかに目がゆ

くんですねえ」と笑って、

「あれは畑で捥《も》いで、そのまんまお送りいたしましたのよ」

とおっしゃる。今年もその苹果が彼女名で信州佐久から届いた。藤村の詩に「歌哀し佐久の草笛」とあるあの佐久なものだから、なにやらとくべつに文学的で懐かしい。友人たちにお福分けしているうちに、信州自慢をしている気分になった。嬉しいわけは、もうひとつある。

この方じつは記録映画の監督で、時枝俊江さんである。佐久総合病院の在宅ケアグループの活動を扱った映画の第二部を撮るため、この地に入っていて、逢うたびに佐久病院の並とは違うありかたについて聞かされていたが、院長の若月俊一先生はわたしにとってもゆかりの深い方である。

日窒病院長当時、水俣病を発見された今は亡き細川一博士が、癌の手術を受けられる前、わたしをお呼びになった。

「僕は残念ですが、もうあなたをお助けすることができなくなりました。肺癌が進んでいるんです。手を当ててみてください」

そうおっしゃって先生はわたしの掌をご自分の胸の上に導かれた。

「悲しみますから妻には言っておりません。覚えておいて頂けたら有難いのですけれど、僕、生きておりましたら、チッソの病院をやめて四国へ帰って、農夫病に取り組みたかったんですよ。無医村が多いんです、僕の故郷は。農民しかかからない病気がたくさんありましてね。後半生を打ち込めたらと思っていました。僕、佐久病院の若月俊一先生にお目にかかりたかったなあ。先駆者ですからね。いろいろ教えて頂いて、農村医学をやりたいと思っていたんです」

チッソの病院は、まだ市立病院のなかった時代、水俣・芦北、隣県の出水地方を含めた総合病院の趣きをそなえていた。チッソ内部にあって水俣病を発見し、貴重な初期の記録を取られていた先生の苦悩を、いささかわたしも存じあげている。

最初にお目にかかったとき、何も知らず、田舎町の一主婦にすぎなかったわたしの前に、資料の山を積みあげ、

「僕にわかることがあれば何でもお教えいたします。わからないことは勉強してお役に立つようにいたします」

とおっしゃったのには、しんから瞠目した。にもかかわらずわたしの理解は遅々として進まず、先生の期待に応えられなかったのではないか。苹果を母の位牌に供え、

先生にもお供えして、佐久の苹果です、とわたしはいう。生きておられれば、苹果を中に置いて、どんな話をしたことだろう。

映画監督の彼女の方でも、わが郷土名産が着くと、あちこち抱えてまわるらしく、この前東京に行ったら、まわりの方々からおいしかったといわれ、眩しい思いをした。

さて、からいものことでは失敗談がある。さる若い女性にこれを送ったところ、彼女は珍重するあまり冷蔵庫に収納して、ほとんど腐らせてしまったというのだ。からいもが寒さに弱いのを、東京育ちが知るはずはない。しまったと思ったので、手紙をつけてまた送り直した。

「当地方ではこれを収穫するとただちに畑や庭先に穴を掘り、暖かい藁で囲って寒気と雨を防いでやります。何しろ南方産なものですから、風邪をひかすと回復不能なのです。わたくし以前、バナナを冷蔵庫に入れ、まっくろけにして腐らせたことがあります。バナナよりは、冷蔵庫の方が珍しかったのかもしれません」

からいもは母が作っていたが、亡くなってからは、月の浦というあたりの産を送っている。すばらしくおいしいので、賢治が苹果をほめたように、わが名産をほめてやりたいが、どういうほめ方があるだろうか。

子供の頃『少女倶楽部』の付録か何かで『椿説弓張月』を読んだことがある。琉球に流れついた為朝が、王の娘からたいそう珍しい甘い藷を捧げられる場面があった。その書き方から、どうもその細長く美しい色をした藷が、わが家の畑になくて憧れていた「花ぼけがらいも」に思えてならない。

その花ぼけだが、皮目がうっすらと赤みをおびた紫で縁どられ、内側は、透きとおった蜜さながらに固まっている。芯にゆくほど縁の色とおなじになり、外の方へぼかしたように消え、優美この上もない。紅がらいも、とも称んでいた。茹で上ったのを割るとき、いつも胸がときめいた。

東京のわが友人はひと目みて、

「あら懐かしいこれ、お女郎いも」

と言ったが、小倉あたりでそう称んでいた由である。京から流された為朝が琉球ではじめて口にした食物が、「花ぼけがらいも」ないし「紅がらいも」であったろうという想いが、幼いわたしを物語に参加させた。

為朝とは知らないで、なにやら南方的な葉っぱにそれを乗せ、慎ましい手つきで差し出している異国風の娘を想像すると、憧れの「花ぼけがらいも」は、いよいよ美果のように思えたのだった。

戦中戦後のこの主食は、毎日藷ぜめといってよいほどだった。下級の食べ物と見られた時期もあるが、都市の若い女性が好むので、いまでは少しユーモラスで素朴なおやつという感じが定着しているようである。

今度の料理で口取りはぜったいにあの「花ぼけ」ときめて、岡田さんに頼みこんだ。見事というか、意外というか、ぜんぜんぼかしのない、隅から隅まで色素を思わせる紫藷がとどき、非常におどろいた。桔梗の花色をもっと濃くした紫で、むかし高位の僧に与えられたという紫衣とは、こういう色を薄めたような感じなのかとつくづく眺めたが、糸を染めたらどういう色が出るのだろう。

奄美の原産をマルイの方がつくっておられ、「人参がらいも」の方もわざわざ掘りに行ってくださった由である。紫藷は写真にしたとき黒になりそうで、結局花ぼけと人参の方を使った。長方形の厚切りにし、牛乳で溶いて淡い塩味にした衣をつけ、ゆっくり揚げてみた。写真で切り口の色がちゃんと出るかどうか。

食べごしらえは失敗が多いゆえ、わたしにはおままごと、という気がする。赤子をねんねこでおぶって、今はなくなった山野線に乗り、必死に米を探しに、鹿児島県の大口市に通っていた時代を思う。
ままごとなどと言えば罰が当たりそうである。

手の歳月

正月風景も変わってきた。まずこちらが、昔の情景の中に戻りつけず、気持ちが新しくなるというような自覚があんまりない。

区切りのつかぬ長期の仕事をいくつか抱えていることが内因の一つだけれども、まわりの景色が四六時中、騒々しく変わってゆくからであるまいか。気持ちが新しくなるにはその前に、空気が落ちつかなければならないが、これがなかなか、そうはならない。

冷蔵庫の中に餅が残っているのを眺めながらつくづく考えた。わが家でもとうとう餅を買うようになった。新しい気分になれぬ原因の一つだ。夏の土用といわず梅雨時といわず、スーパーの棚にぴかぴかの餅が並び、もう正月用という気にならない。

気持ちがりんと張ってくるような、冷たい空の清々しさは、年の暮の餅搗きの音から始まっていた。気がつくとこの頃、暮の二十八日頃から、あちこちの家のぺったんこ、ぺったんこという杵の音が聞えない。

おう誰それさんの家が一番じゃと思っていると、その家のお桃ちゃんが、エプロンがけの肘に餅の粉をくっつけたまんま、赤い頬っぺたで笑みくずれながら、あんこ餅を五つ六つ、皿に乗っけて持ってきてくれる。たいてい、こんな風な挨拶とともに、

「あの、婆ちゃんが、温《ぬく》からうちに仏さまに、ち」

もみたての餅を形ばかり仏さまに供え、すぐにおろして温かいうちにいただく。

「ふーん、やっぱ、あんこの上手」

などと言いながら、練りあげている最中の、わが家のあんこの味見もついでにしてみる。うす味傾向になどは作らなかった。

「んー、こりゃいかん。砂糖舟の来んじゃったろうち、いわるっ」

いただいたものより甘味がうすくては、砂糖をケチったと思われる。お返しは必ずしたので、砂糖舟が遠かったろうとか、舟が着かんじゃったといわれたくない。

昔は薩摩の方から砂糖舟が来て、水俣川口の永代橋ぎわには、砂糖屋旅館というの

さえ、寺と向いあっていた。

よそさまの砂糖の使いぶりがわかるのは、餅や団子のやりとりや、供養ごと、婚礼、兵隊別れなどに招ばれてゆくときだった。どこの家でも盛大に甘くした。

今はもう甘いのははやらない、第一躰に悪い、とわたしが言っても母などは、情ないという顔をして、油断をしていると酢の物などにどっと砂糖をこぼした。寒天練りがいちばん嬉しそうで、文句をいわせないという表情だった。自分で採りにいったテングサを幾日も水に晒して脱色を重ね、干しあげた物を使うのである。

正月には必ず、テングサの地の色をそのまま出したものと紅をつけたもの、二色《ふたいろ》を練っていた。

地の色といっても白ではない。深海の色のような、黒翡翠《ひすい》とでもいえる深緑である。それが淡く透きとおって、気品のある出来上りだった。そのうち再現しようと思っていた。じつは母の手採りのテングサが僅かばかり残っているのだけれど、使ってしまうのにふんぎりがつかない。なくしたくないのである。

なくすのを恐れて、食べるべからずと紙を貼っている食べ物がいくつかある。きんかんの蜜漬、梅干、ヒジキ、このテングサなど。もう黒褐色になってきたきんかんの蜜漬にはこう書いている。

「昭和六三年六月、咽喉の痛みを案じて母の作りたまいし物」

コーヒーの空き瓶で、三分の一ほど残っている。蜜も乾いてきたのを一粒食べてみた。香りはまだのこっていてほろ苦く、種がすっかりやわらかくなって、口の中にほどけ散った。

「甘うすんな、甘うすんなちいうけん、蜂蜜ば控えたが、苦かばい。まあ咽喉の薬じゃん」

仕事場にこもりにゆくのに、そう言って持たせてくれた。蜜柑ブランデーというのがあったので少し注ぎかけておく。腐らせないために。あと三十粒ほどはあろうか。一年に一粒ずつ食べようか。わたしが死んだら、あとの者には意味もわかるまい。ただの、古くなりすぎた保存食である。

ぺったんこ、ぺったんこの杵の音から、母の手元と口調を思い出してしまった。正月の実感がうすい、という話だった。

今度もいろいろ思いついて食べごしらえをした。どうもしかしちょっと、よそゆき用という気分が残った。今度にかぎらないが思いつきがつねに過剰である。

日常の気分も原稿を書く過程もそうだけれど、わたしはなんによらず過剰すぎる。そぎ落してそぎ落して、これだけ、という風に仕上げたいのだが、あれもこれもと、思いつきがすぎるのである。口絵写真のような、おしゃれな食べごしらえを、毎日作っているわけでは決してない。

魚をこしらえてちゃんと味付けする。野菜本来の味をひき出す工夫をする。それも和風を心がけるというのが眼目であった。両方とも生産地につながっているので、鮮度のよしあしだけはよくわかる。今思うと、いかに失敗したかという話と写真を出した方が、面白かったかもしれない。

火加減への油断と、過剰な思い入れがこんがらがって、ふだんの日々も失敗の中で暮しているといってよく、事なくすぎた日というのは皆無に思える。たのしいどたばたの日々、と思いたいけれども、どんなにかはた迷惑なことだろう。

最初のことにもどって考えるに、正月の気分がなくなってきたのは、手の歳月とでもいうものが、拡散したからではなかろうか。

もの心ついてわが家が赤貧の極にあった頃の正月前、父が、

「今年の数の子は宝石の値段ちゅうぞ、えらいな貴重品じゃ。さあこれで、三粒ずつ

くらいは膳に乗せられる」

と言って、ころころに干からびた小さな数の子を掌からこぼしてみせたことがある。数の子さえ満足に買えそうにない懐工合だったのだろう。なんとか調達できた家長の安堵が、目許に浮かんでいた。

わが家の船簞笥の抽出しにあるサンゴの枝や、祖母の簪《かんざし》の瑪瑙《めのう》や、あの猫目石の指輪とおなじ値打ちだという干からびた数の子を瞠目の思いで眺めた。ある年は鰯の干物を朱塗りの宗和台に乗せ、

「よかか、今日は目出たか、正月じゃ。鰯も今日は位が上って、尾頭《おかしら》つきの祝魚ち、いわんばならん」

羽織袴で威儀を正してそういわれると、子供としても目出度い気分になった。貧しいということは、人間的プライドの底点に立つ、ということを子供に教えた父であった。干からびた数の子を水に戻す、小豆を煮て漉して餡を練る。丸める。餅をまぜる、千切る、丸める。そんな手仕事ができなくなった。掌が、正月の実質をとり逃がしている気がする。

風味ということ──あとがきにかえて

ときどき東京に出ることがあって、そのたびに衝撃を受けるのは、野菜のおいしくなさである。

仕事がらみでゆくので、ホテルやレストランのメニューから選ぶしかないが、非常に困る。飛行機の中や列車の中で食事をとらねばならぬときは、なるべく野菜を主にした弁当を持ってゆくけれども、出来ないときもあるので、ほとんど絶望しながら出来合いの弁当を買う。

ねっとりともせず、ほくほくもせぬ里芋。色と形はあるが、うま味も香りもまるでない人参。大地の滋味などどこかへいってしまった大根や蕪。ただ水っぽいか、甘辛いだけの煮物をおそるおそる口に運びながら、うそ寒いような、ただごとではないような思いに浸される。

ひと頃、グルメの食べ歩きとやらをテレビや婦人雑誌でやっていて、タレントたちが「おいしい店」で舌つづみを打ってみせるのがはやっていた。お値段を見ると、日々台所をやりくりしている身には、罰当りなことに思われた。そんな高価なものを食べ歩きして、高くさえあればおいしいと感じるのは舌の白痴化ではあるまいか。

畑を持っていないので、自分で野菜を育てることはできないが、若い頃に畑を作っていたことがあるので、いまでも土や野菜のよしあしはよくわかる。

一粒の種を土におろせば、適度な湿気に恵まれてまず根が出て双葉の芽が出てくるのは、なんという不思議であることか。成長してゆくぐあいを見ていると、生命のすこやかさをまのあたりにするよろこびがある。間引きをしてやり、虫を取り、水はけをよくしてやり、よい食べ頃になってそのうち花が咲き、とうが立ち、実が熟して、生まれてきた土にまた落ちる。生命の循環の神秘さがまざまざと実感される。

自分の手で育ててみると、葉菜類も、トマトや茄子や南瓜のような地上の成りものも、じゃがいも、里芋、大根、人参、牛蒡、玉ねぎのように土の中に潜って成長するものたちも、その味は陽の光と土のよしあしによって決定されることが身にしみてわかる。

大都会で口にする、大地と陽の光から遮断されたような野菜の味をなんといえばよいだろう。これは工業化された農産物の味なのだろうか。トマトの水栽培という写真を見たことがあるが、まさか里芋も工場で水栽培されているのではあるまいな。

これはもうすでに、わたしたちの躰も、水栽培されつつあるということではあるまいか。ぶよぶよ、ぶよぶよに躰がなってゆく気がして気味が悪い。先の短いわたしたち世代は諦めるとして、小さい者たちの心身はどうなってゆくことか。昭和初めの生まれの私たちにはわからない時代の差異を、若い人たちはその心身に蓄えている。おなじ日本人といっても、時代によって分断されたような魂の異質さを持ちあって、損傷されつくした国土の上にいて、なんと異様な時代に生まれ合わせたことか。

おなじ日本語を使いながら、言葉の意味がかぎりなくずれてゆくのもかなしいが、言葉以前に、朝夕食べる野菜の味について、おいしい、といいあう舌の感度がまるでちがうことが、じつにものさびしい。根菜類も、グリーンピースもそら豆も、花かんらんも、ただ塩で茹でただけで、太陽とすこやかな土で育てられたものは、じつに豊かなおいしさを持っている。豊潤という言葉は、そういう作物を味わって来た者たちの共通認識から生まれた言葉ではなかったか。

ことにもそれは、稲をはじめとする穀物を自分の手で育て、味わうことから生まれた、日本人の認識ではなかったか。日本語と日本文化の基層にあった豊饒な感覚を思うとどっと胸がふさがり、それが総根腐れになってゆくのは堪えがたい感じである。

農の根幹というものを忘れてしまった民族に対して、百姓たちはいっそもう、米だけでなく、自家用以外の農産物は作らないという宣言をしたらと、わたしは思ったりする。農村の歴史もその辛苦もわかろうとしない人々は、農薬まぶしの農産物をどんどん輸入して、添加物まみれのグルメとやらをお腹いっぱいやって下さいと。

真の百姓だけが、日本という国の伝統あるよき性向の種を保存するために、土を汚さぬよう、物心両面にわたって独立を保ち、亡びの国のゆく末を見とどけると宣言なさったらよい。

などと思うにつけても、わたしは昔の作物の大地の滋味ともいうべき味わいを思い出さずにはいられない。

秋の陽によくよく干しあげた小麦の脱穀が済むと、家々のあちこちから、石臼をひく音が聞こえたものだった。村に精米所がないではなかったが、わが家の石臼で早くひきたかったのは、手にかけて育てた米や麦を、最後までいとおしむ気持ちであったのだろう。

小麦の皮というか、ふすまは赤茶っぽい色である。粉にひいても皮は砕かれずにそのまま残るので、ふるいにかける。これは牛や鶏の餌などにしたが、あの終戦前後には、わたしもお焼きにしてよく食べた。

最初の粉は「いきなり団子」にして、まず神仏に供えた。とれたてのからいもを、大きめの賽の目に切りあくを抜き、塩少々と重曹をふるい入れて、水で溶いただけのメリケン粉とざっくり混ぜ合わせ、団子の形にして蒸しあげる。あつあつを頬ばるうれしさ。それは大地の香りだった。

石臼でひいた粉の風味のなつかしさ。今のメリケン粉では、ひと噛みごとに唾液が甘くなってゆくようなあの滋味が、出てこない。

次に作るのが「おしぼうちょ」だった。天草風煮込み手打ちうどんである。おだしは、釣りたてのベラをあぶっておいたのを使った。ベラのことを当地方ではクサブという。これが一番、手打ちうどんに合う。麺は、ぬるま湯に塩を溶き入れたものでメリケン粉を練りあげ、時にはゴマ油を入れたり、卵を入れたりもする。麺の茹で汁も風味の中にはいるのだが、冬の夜は囲炉裏を囲んでこの鍋がかかると、いかにも団欒という火の色になった。大きくなってもわたしの弟妹たちは母にせがんでよく作ってもらったが、思い出して作るとどっと悲しくなってくる。

こんな本を出すとは思いもかけないことだった。材料や調味料を計ったことはなく、まったくの目分量である。日々の食べごしらえなので、お客さまがあると、よそゆきというか、ままごと気分になることがある。失敗の傑作集を出した方が面白かった気もするが、味噌汁の黒こげなどでは写真にならず、こういうものになった。

あらためて写真を眺め、あれ、これはどんな風に作ったっけなあ、と思うものが多い。その直前まで何が出来るかわからないほど、即興的に作ったものが多い。ご参考にはなるまいと思うけれども、素人の手すさびと思っていただければ幸いである。

これはもと、鹿児島県出水市のマルイ農協グループの広報誌『Q』に、一九九〇年より九二年まで、三年間連載させていただいたものである。マルイ農協のみなさん、『Q』の編集者で詩人の岡田哲也さんの助言のおかげで、思いがけない本の誕生となった。熱心に出版をおすすめいただいたドメス出版の鹿島光代さんにも、心からお礼を申しあげたい。

一九九四年二月三日　　著者しるす

文庫版あとがき

いろんな方々からご著書をいただくので、お返し用に、「食べごしらえおままごと」なるものをさしあげていた。自分では訳もよくは分らぬ詩集などをさしあげるより、ままごと風な書物がよかろうと思いこんでいるのである。

出来上がった料理には、調味料、塩加減などを書いていない。手加減とその時の舌のご機嫌でととのえてある。お客さまは、ほとんどおいしいとおっしゃって下さった。しかし他家の物を食べて、その前で、まずかったという人もいらっしゃらないだろう。「お料理」というとなにやら気恥ずかしい。料理学校を出た優等生みたいで、やっぱり「おままごと」とした。

幼い頃から、お客さまが多くて賑わう家であった。自分で世帯を持つ頃になると、水俣病を支援する若者たちやマスコミ関係者が見えて、泊ってゆかれたりするようになった。「まかない方」が大変になり、母と妹が「食べごしらえ」を受けもってくれた。

文庫本でも口絵に色をつけて下さるとのこと、かの時々のことが思われてなつかしい。

そもそもは、鹿児島県出水市のマルイ農協『Q』を編集していた詩人の岡田哲也さんの配慮によって、わたしの連載「食べごしらえ」が始まり、単行本にするについてドメス出版に引きつがれた。さらにこの度、中央公論新社から文庫本にして下さる。一つのことを成すのに、どれくらい、人さまの手をわずらわすことか。病床にあって今は写真にあるものの一つもつくれない。人との縁というか絆ということを沈潜して考えるようになった。それなくしては人は生きられない。

具体的な表現として、「食べごしらえおままごと」があった。大切な夢として今も続いている。関わりのあった全ての方々に感謝の念を捧げたい。


二〇一二年八月、外は大稲妻と大雷鳴の最中である

解説——明るくて元気で楽しそう

池澤夏樹

食べるものについての随筆、と言っても何の説明にもなるまい。

そんな本は世の中にたくさんある。しかしこの『食べごしらえ　おままごと』と比べたらたいていの類書は薄っぺらに見えるだろう。話の広さと奥行きがぜんぜん違う。なぜなら、この本の食べ物の話の背後には暮らしがあり、故郷があり、畑だけでなく海と山まで控えているから。

たくさんの人たちが登場する。なんでこの人たちはこんなに明るくて元気で楽しそうなのだろうと不思議に思う。昔のこととはわかっていても、こんな時代、こんな場所が本当にあったのだろうかと疑うけれど、でもどこにも嘘はない。そう納得させるのは文章の力だ。

料理や食道楽の本を読む時は誰もが自分の体験と重ねて読む。おいしいものについて食べたことがあればそれを思い出し、なければ食べてみたいと欲望を募らせる。作ったことがあったら自分の作りかたとそこに書いてあるやりかたの違いを考える。その日の晩にも試そうと思ったりする。

たとえばキビナゴの尾引きのこと。

あの小さなきらきらした魚の頭をとり、ワタを抜き、そのつけ根から骨にそって尾の方へ、指でさきおろす、と書いてある。包丁は使わない。

小さい魚ながらに一匹ずつひらきの形で刺身になる。大きな皿に美しく並んださまが目に浮かぶ。

その尾引きを、細い小さな指で見よう見まねでするのが五つになったばかりの幼い女の子だ。

普段のことではない。人々がたくさん集まっているなかで、この子は正月着に正装して、生まれて初めての襷《たすき》をかけてもらい、手始めにとんでもなく大きなお釜で米をとぐのを手伝う。三升炊きというから何十人分もの飯を炊くわけで、その釜に頭から落っこちそうになるのを大人に支えられて、小さな手で米と水をかきまぜる。その指のかわいらしいこと、「あら、お離さまかと思うたら、道子の手かえ」という声が耳をくすぐるようだ。

米をといだ後は、大人がキビナゴを捌いているのを見て、十四ほどわけてもらって尾引きに挑戦する。

ここのところを読んでぼくが思い出すのは、まずはこれまでに食べたキビナゴの刺身の味。見た目のすがすがしさと、酢味噌に絡めた時のあの食感だ。キビナゴを餌にしてクチナジやビタローを釣った沖縄の愉快な釣りの体験もあった。

その後で、尾引きという言葉を知らぬまま同じことを自分でやった記憶が、ああ、あの指の使いかたかと、よみがえる。ぼくの場合は鰯だった。新鮮な小振りの鰯がたくさん手に入って、いちばんいい食べかたは摘み入れ汁と決めた。

包丁で鰯の頭を落とす。指でワタを抜き、身と中骨の間に親指の先を入れて、爪の力でぐいぐい尾の方へ押してゆく。そうやって身と骨を分ける。尾まで行ったらひっくり返して同じことをする。ひらきの形になったところで、毛抜きでざっと小骨を取る。それから皮を剝ぐ。身だけにしてから再び包丁を取ってなるべく細かく刻む。この段階で食べれば鰯のたたきだが今回は摘み入れ。刻んだ鰯におろし生姜とつなぎに少量の小麦粉を加えてざっと混ぜる。すり鉢は使わない。野菜を入れて作った汁に団子に丸めた鰯を一つまた一つと落として、火が通って浮いてきたらできあがり。

尾引きという言葉を教えてもらってこれだけ思い出した。でも、尾引きの指の使いかたなんかこの本のほんの一行でしかない。だいたいこれはいわゆるレシピ本ではない。写真に少しは説明があるが、作りかたが懇切に書いてあるわけではない。

これはおいしさ以上に楽しさの本だ。すべての料理がにぎやかで愉快な場面の中に仕込まれている。そういう形の思い出に仕立ててある。

たくさんの人が集まって、みんな忙しく立ち働いて、お御馳走をたくさん用意する。たとえ一人で作っていても食べる時は一人ではないし家族だけでもない。近所や親類や知り合いの人たちに配る分までたっぷり作る。食べる人たちの顔を思い描きながら作るから楽しい。身体を動かすことが苦労ではないのだ。

この本には珍奇な料理の味を凝った言い回しで伝えようという姿勢はない。食道楽の本ではないのだ。食べ物はそれだけで孤立しているのではなく、暮らしの空気に包まれてある。暮らしはたくさんの人とつながっている。食べ物を通じて人から人へと伝わってゆくものがある。

食べ物の素材も自分たちの手で用意するものが多い。お金で買うものではないからそれだけ手が掛かっていて心がこもる。「砂糖と塩だけは買ったが、自分で植えて刈り上げた米、自分で播きつけ皆さんに仕納《しのう》してもらった麦を、ごりごりと石臼でひいていた。莢《さや》をたたいて幾日も干しあげた空豆や小豆を餡に漉《こ》して練りあげて、餅や団子をつくりあげ、いそいそと大山盛りの重箱二段ずつ、よそさまにも配り歩いていた母の額の汗や髪のぐあい、目つき腰つき、指の動きが目に浮かぶ」というくだりを読んで、かつて人がどんな風に食べるものを作っていたかようやくわかった気がする。

こういう母が居なくなった。石牟礼さんの御母堂のはるのさんが亡くなっただけではなく、このように働く母が日本中から居なくなった。苦労と喜びを一体にして親戚や近所と分かち持つ世間がなくなった。

父上、白石亀太郎さんのような男ももう居ない。

この人は、今風に言えば、かぎりなくかっこいい。

「貧乏、ということは、気位が高い人間のことだと思いこんでいたのは、父をみて育ったからだと、わたしは思っている」って、そんなことを娘に言って貰える父親が今どきどこに居るだろうか。

この人が自分の前に現れて、「ようござりやすか。儂《わし》ゃあ、天領、天領天草の、ただの水呑み百姓の伜、位も肩書もなか、ただの水呑み百姓の伜で、白石亀太郎という男でござりやす」と言われたら、それはもうはーっと頭を下げるしかない。いや、一度でいいからそういう人の前にまかり出てみたかった、と思う。

及ばずながらあやかりたいと思ったから亀太郎さんに習ったつもりで「ぶえんずし」を試みた。

まずまずの鯖を入手して、頭とワタは魚屋に取ってもらい、包丁を研いで三枚に下ろした。「ヒマ人ではなかったが、念者で、手間ひまかけるのが好きだった」というところをせいぜいなぞる。

亀太郎さんの言葉のとおり、塩をフライパンで焼いた。それを鯖の上に厚く振り、半日ほど置いてから洗い落として水気を拭き取る。少し味醂を加えた酢と昆布で〆める。一方で飯を炊き、細かく刻んだ人参や干し椎茸、蒟蒻などの具を煮る。ほどよく酢の染みた鯖を薄くそぎ切りにして、具を混ぜ込んだ酢飯に和え、上に錦糸玉子や細葱のみじん切りなどを飾る。「天草の男衆たち」には遠く及ばないのだろうが、まあおいしくできた、と言っておこうか。

この本を読みながら、ぼくは世界のあちこちで食べてきたうまいもののことを考えた。

いわゆる高級料理店とは違う。コストをかけておいしさを演出する店ではない。ギリシャならば腕のいい主婦が朝のうちに中央市場まで行って整えた食材を使って一日がかりで作ったもてなしの料理の数々。

メキシコでは安いホテルの朝食に出てくる「ウエボス・ランチェーロス（玉子の牧場風）」という簡単な一品。あるいは先住民優先という不思議な経営方針のホテルで、時間を決めて供される夕食の、大きなテーブルに並ぶ鉢に盛られた料理いろいろ。お客は自分が食べる分だけ取り分ける。

イラクならば長距離トラックの運転手たちが利用する街道沿いのドライブインの豪勢な昼食。黙っていても目の前に並べられる前菜が、レンズ豆のスープ、胡瓜とトマトを細かく刻んだサラダ、マカロニのサラダ二種（ドレッシングがヨーグルト系とトマト系）、ヒヨコ豆のサラダ、ゴマのペースト、茄子などの野菜とにんにくの炒め物。それにホブスと呼ばれる薄い丸いパンが食べたい放題。その後で選ぶ主菜は——茄子や豆やポテトのトマト煮とか、ロースト・チキンの半身とか、トマト味の羊のシチューとか。

タイの田舎の村の食堂の朝飯。蒸しただけの鶏にちょっと辛いソースが添えてあって、それとご飯。飾りのように胡瓜が三切れ乗っているのだが、この胡瓜さえ味が濃くて匂いが立ってうまい。本当を言えば、世界の至るところでひどいものもたくさん食べたのだが、幸いなことにそちらはきれいに忘れている。

ここに思い出したようなうまいものと、この『食べごしらえ　おままごと』にあるおいしいものには共通点がある。お皿の向こうに人間の顔が見えているのだ。それを作った人の手の動きが見え、そのすぐ先に畑が見え、そこを耕して種を蒔く人の姿まで見える。それに魚が湧いて出る気前のいい海や、庭先を走り回っている鶏たち。

そういうもののぜんたいが「今は失われた」というベールをかぶっている。みんなもうないのだ。はるのさんや亀太郎さんが居ないように、行事に応じて集まった人々は誰もいなくなってしまったし、素材も何か嘘くさいものに置き換わってしまった。「この頃青ジソのことを大葉というようだが、ビニールにくるまれた貧弱な葉で、すしにはとても使えない」と石牟礼さんは言う。どれもこれも工業化された代替品。おいしいものはみんな過去へ逃げてゆく。

先にぼくが挙げた世界あちこちのうまい料理は、考えてみればどれも貧乏な国のものだった。さてさてリッチとはどういうことなのだろうと思いながら、今夜あたりは「田植えの煮染」を試みようかなどと分不相応なことを考えて、イギスが手に入らぬと少し嘆く。その先で、食べてくれるたくさんの人たちがいないと覚って更に深く落胆。十人、二十人の客が集まる場を用意しなければならないが、こればかりは人品骨柄の問題で、なかなか亀太郎さんやはるのさんになれるものではない。

二〇一二年八月　札幌

『食べごしらえ　おままごと』一九九四年四月　ドメス出版刊

中公文庫

食《た》べごしらえ　おままごと

2012年９月25日　初版発行
2023年12月30日　８刷発行

著　者　石牟礼道子《いしむれみちこ》

発行者　安部 順一

発行所　中央公論新社
〒100-8152　東京都千代田区大手町1-7-1
電話　販売 03-5299-1730　編集 03-5299-1890
URL https://www.chuko.co.jp/

ＤＴＰ　嵐下英治
印　刷　三晃印刷
製　本　小泉製本

Published by CHUOKORON-SHINSHA, INC.
Printed in Japan　ISBN978-4-12-205699-2 C1195

各書目の下段の数字はISBNコードです。978－4－12が省略してあります。

中公文庫既刊より

い-110-2
なにたべた？ 伊藤比呂美＋枝元なほみ往復書簡
伊藤比呂美 枝元なほみ
詩人は二つの家庭を抱え、料理研究家は二人の男の間で揺れながら、どこへ行っても料理をつくっていた。二十年来の親友が交わす、おいしい往復書簡。
205431-8

い-8-9
食卓のつぶやき
池波正太郎
幼き日の海苔弁当から大根の滋味に目覚めるまで。東京下町から仙台、フランス、スペインまで。味と人をめぐる美味しい話。〈巻末対談〉荻昌弘「すきやき」
207134-6

い-8-10
チキンライスと旅の空
池波正太郎
自分が生まれた日の父の言葉、初めての人と出会う旅の醍醐味、薄れゆく季節感への憂い……国民作家が語る食、旅、暮し。座談会「わたくしの味自慢」収録。
207241-1

う-9-4
御馳走帖
内田百閒《ひゃっけん》
朝はミルク、昼はもり蕎麦、夜は山海の珍味に舌鼓をうつ百閒先生の、窮乏時代から知友との会食まで食味の楽しみを綴った名随筆。〈解説〉平山三郎
202693-3

こ-30-1
奇食珍食
小泉武夫
蚊の目玉のスープ、カミキリムシの幼虫、ヒルのソーセージ、昆虫も爬虫類・両生類も紙も灰も食べつくす、世界各地の珍奇でしかも理にかなった食の生態。
202088-7

こ-30-3
酒肴《しゅこう》奇《き》譚《たん》 語部《かたりべ》醸児《じょうじ》之《の》酒肴譚《しゅこうたん》
小泉武夫
酒の申し子「諸白醸児」を名乗る醸造学の第一人者で、東京農大の痛快教授が〝語部〟となって繰りひろげる酒にまつわる正真正銘の、とっておき珍談奇談。
202968-2

き-15-12
食は広州に在り
邱 永漢
美食の精華は中国料理、そのメッカは広州である。広州美人を娶り、自ら包丁を手に執る著者が、蘊蓄を傾けて語る中国的美味求真。〈解説〉丸谷才一
202692-6

き-15-19
邱飯店交遊録 私が招いた友人たち
邱永漢
自宅に招いた客人とメニューの記録三十年分を振り返る愉快な交遊録。檀一雄が最初に来た日の「野鶏巻」と安岡章太郎のお気に入り「芋頭扣肉」のレシピ、人名索引付。
207257-2

あ-66-1
舌 天皇の料理番が語る奇食珍味
秋山徳蔵
半世紀以上を天皇の料理番として活躍した著者が「舌は味覚の器であり愛情の触覚」と悟った極意をもって秘食強精からイカモノ談義までを大いに語る。
205101-0

あ-66-2
味 天皇の料理番が語る昭和
秋山徳蔵
半世紀にわたって昭和天皇の台所を預かり、日常の食事と無数の宮中饗宴の料理を司った「天皇の料理番」が自ら綴った一代記。〈解説〉小泉武夫
206066-1

あ-66-3
味の散歩
秋山徳蔵
昭和天皇の料理番を務めた秋山徳蔵が〝食〟にまつわるあれこれを自ら綴る随筆集。「あまから抄」「宮中の正月料理」他を収録。〈解説〉森枝卓士
206142-2

あ-66-4
料理のコツ
秋山徳蔵
高級な食材を使わなくとも少しの工夫で格段に上等な食卓になる――「天皇の料理番」が家庭の料理人に向けて料理の極意を伝授する。〈解説〉福田 浩
206171-2

ま-17-13
食通知つたかぶり
丸谷才一
美味を訪ねて東奔西走、和漢洋の食を通して博識が舌上に転がすは香気充庖の文明批評。序文に夷齋學人・石川淳、巻末に著者がかつての健啖ぶりを回想。
205284-0

ま-17-14
文学ときどき酒 丸谷才一対談集
丸谷才一
吉田健一、石川淳、里見弴、円地文子、大岡信ら一流の作家・評論家たちと丸谷才一が杯を片手に語り合う。最上の話し言葉に酔う文学の宴。〈解説〉菅野昭正
205500-1

よ-17-12
贋食物誌《にせしょくもつし》
吉行淳之介
たべものを話の枕にして、豊富な人生経験を自在に語る、洒脱なエッセイ集。本文と絶妙なコントラストを描く山藤章二のイラスト一〇一点を併録する。
205405-9

各書目の下段の数字はISBNコードです。978－4－12が省略してあります。

あ-13-6
食味風々録 阿川弘之
生まれて初めて食べたチーズ、向田邦子との美味談義、海軍時代の食事話など、多彩な料理と交友を綴る、自叙伝的食随筆。〈巻末対談〉阿川佐和子〈解説〉奥本大三郎
206156-9

し-31-7
私の食べ歩き 獅子文六
日本で、そしてフランス滞在で磨きをかけた食の感性と、美味への探求心。「食の神髄は惣菜にあり」との境地を綴る食味随筆の傑作。〈解説〉高崎俊夫
206288-7

よ-5-8
汽車旅の酒 吉田健一
旅をこよなく愛する文士が美酒と美食を求めて、金沢へ、そして各地へ。ユーモアに満ち、ダンディズムが光る汽車旅エッセイを初集成。〈解説〉長谷川郁夫
206080-7

よ-5-10
舌鼓ところどころ／私の食物誌 吉田健一
グルマン吉田健一の名を広く知らしめた「舌鼓ところどころ」、全国各地の旨いものを紹介する「私の食物誌」。著者の二大食味随筆を一冊にした待望の決定版。
206409-6

よ-5-11
酒　談　義 吉田健一
少しばかり飲むというの程つまらないことはない――。飲み方から各種酒の味、思い出の酒場まで、ユーモラスに綴る究極の酒エッセイ集。文庫オリジナル。
206397-6

き-7-3
魯山人味道 北大路魯山人　平野雅章編
書・印・やきものにわたる多芸多才の芸術家・魯山人が終生変らず追い求めたものは〝美食〟であった。折りに触れ、書き、語り遺した美味求真の本。
202346-8

き-7-5
春夏秋冬 料理王国 北大路魯山人
美味道楽七十年の体験から料理する心、味覚論語、食通閑談、世界食べ歩きなど魯山人が自ら料理哲学を語り、手掛けた唯一の作品。〈解説〉黒岩比佐子
205270-3

し-40-1
コーヒーに憑かれた男たち 嶋中労
現役最高齢・ランブルの関口、業界一の論客・バッハの田口、求道者・もかの標。コーヒーに人生を捧げた自家焙煎のカリスマがカップに注ぐ夢と情熱。
205010-5

し-40-2
コーヒーの鬼がゆく 吉祥寺「もか」遺聞
嶋中 労

自家焙煎の草分け「もか」店主・標交紀、ダイヤモンドのような一杯を追い求め、コーヒーの世界に全てを捧げた無骨な男。稀代の求道者の情熱の生涯。

205580-3

た-22-2
料理歳時記
辰巳浜子

いまや、まったく忘れられようとしている昔ながらの食べ物の知恵、お総菜のコツを四季折々約四百種の材料をあげながら述べた「おふくろの味」大全。

204093-9

た-34-5
檀流クッキング
檀 一雄

この地上で、私は買い出しほど好きな仕事はない――という著者は、人も知る文壇随一の名コック。世界中の材料を豪快に生かした傑作92種を紹介する。

204094-6

た-34-6
美味放浪記
檀 一雄

著者は美味を求めて放浪し、その土地の人々の知恵と努力を食べる。私達の食生活がいかにひ弱でマンネリ化しているかを痛感せずにはおかぬ剛毅な書。

204356-5

た-34-7
わが百味真髄
檀 一雄

四季三六五日、美味を求めて旅し、実践的料理学に生きた著者が、東西の味くらべはもちろん、その作法と奥義も公開する味覚百態。〈解説〉檀 太郎

204644-3

た-93-1
檀流クッキング入門日記
檀 晴子

若くして、檀一雄の長男と結婚し、義父から料理の面白さを学んだ著者による、『檀流クッキング』の舞台裏。そして檀流クッキングスクールの卒業レポート。

206920-6

つ-2-9
辻留 ご馳走ばなし
辻 嘉一

茶懐石の老舗の主人というだけでなく家庭料理の普及につとめてきた料理人が、素材、慣習を中心に、六十余年にわたる体験を通して綴る食味エッセイ。

203561-4

つ-2-11
辻留・料理のコツ
辻 嘉一

材料の選び方、火加減、手加減、味加減――「辻留」の二代目主人が、料理のコツのコツをやさしく手ほどきする。家庭における日本料理の手引案内書。

205222-2

各書目の下段の数字はISBNコードです。978－4－12が省略してあります。

つ-2-13
料理心得帳　辻　嘉一
茶懐石「辻留」主人の食説法。ひらめきと勘、盛りつけのセンス、よい食器とは、昔の味と今の味、季節季節の献立と心得を盛り込んだ、百六題の料理嘉言帳。
204493-7

つ-2-14
料理のお手本　辻　嘉一
ダシのとりかた、揚げ物のカンどころ、納豆に豆腐にお茶漬、あらゆる料理のコツと盛り付け、四季のいろどりも豊かな、家庭の料理人へのおくりもの。
204741-9

ひ-28-1
千年ごはん　東　直子
山手線の中でクリームパンに思いを馳せ、徳島ではすだちを大人買い。今日の糧に短歌を添えて、日常を鋭い感性で切り取る食物エッセイ。〈解説〉高山なおみ
205541-4

し-15-15
味覚極楽　子母澤　寛
〝味に値無し〟――明治・大正のよき時代を生きた粋人たちが、さりげなく味覚に託して語る人生の深奥を聞書き名人でもあった著者が綴る。〈解説〉尾崎秀樹
204462-3

た-33-9
食客旅行　玉村　豊男
香港の妖しい衛生鍋、激辛トムヤムクンの至福、干しダコとエーゲ海の黄昏など、旅の楽しみイコール食の愉しみだと喝破する著者の世界食べ歩き紀行。
202689-6

た-33-11
パリのカフェをつくった人々　玉村　豊男
芸術の都パリに欠かせない役割をはたし、フランス文化の一面を象徴するカフェ、ブラッスリー。その発生を克明に取材した軽食文化のルーツ。カラー版
202916-3

た-33-15
男子厨房学入門《メンズ・クッキング》　玉村　豊男
「料理は愛情ではない、技術である」「食べることの経験はつくることに役立たないが、つくることの経験は食べることに役立つ」超初心者向け料理入門書。
203521-8

た-33-16
晴耕雨読ときどきワイン　玉村　豊男
著者の軽井沢移住後数年から、ヴィラデスト農園に至る軽井沢、御代田時代（一九八八～九三年）を綴る。題名のライフスタイルが理想と言うが……。
203560-7

た-33-19
パンとワインとおしゃべりと
玉村豊男
大のパン好きの著者がフランス留学時代や旅先で出会ったさまざまなパンやワインと、それにまつわる愉快なエピソードをちりばめたおいしいエッセイ集。
203978-0

た-33-20
健全なる美食
玉村豊男
二十数年にわたり、料理を自ら作り続けている著者が、客へのもてなし料理の中から自慢のレシピを紹介。食文化のエッセンスのつまったグルメな一冊。カラー版
204123-3

た-33-21
パリ・旅の雑学ノート　カフェ／舗道／メトロ
玉村豊男
在仏体験と多彩なエピソードを織り交ぜ、パリの尽きない魅力を紹介する。'60～'80年代のパリが蘇る、ウィットとユーモアに富んだ著者デビュー作。
205144-7

た-33-22
料理の四面体
玉村豊男
英国式ローストビーフとアジの干物の共通点は？　刺身もタコ酢もサラダである？　火・水・空気・油の四要素から、全ての料理の基本を語り尽くした名著。〈解説〉日髙良実
205283-3

た-33-23
おいしいものは田舎にある　日本ふーど記
玉村豊男
個性的な味を訪ねる旅エッセイ。鹿児島、讃岐、さらには秋田日本海へ。風土と歴史が生み出す郷土食はどう形成されたのか。『日本ふーど記』を改題。
206351-8

た-33-24
美味礼讃（上）
ブリア＝サヴァラン
玉村豊男編訳・解説
美食家としての情熱と蘊蓄を科学的知見をもとに掘り下げ、食べることが人間と社会にとっていかに重要であるかを説いた美味学の原典。新編集による決定版。
207018-9

た-33-25
美味礼讃（下）
ブリア＝サヴァラン
玉村豊男編訳・解説
新しい料理の発見は人類の幸福にとって天体の発見以上のものである――。原著『味覚の生理学』が、大胆な編集と平易な訳文、親しみやすい解説で新たに甦る。
207019-6

い-3-2
夏の朝の成層圏
池澤夏樹
漂着した南の島での生活。自然と一体化する至福の感情――青年の脱文明、孤絶の生活への無意識の願望を描き上げた長篇デビュー作。〈解説〉鈴村和成
201712-2

各書目の下段の数字はISBNコードです。978－4－12が省略してあります。

い-3-3
スティル・ライフ
池澤夏樹
ある日ぼくの前に佐々井が現われ、ぼくの世界を見る視線は変った。しなやかな感性と端正な成熟が生みだす青春小説。芥川賞受賞作。〈解説〉須賀敦子
201859-4

い-3-4
真昼のプリニウス
池澤夏樹
世界の存在を見極めるために、火口に佇む女性火山学者。誠実に世界と向きあう人間の意識の変容を追って、小説の可能性を探る名作。〈解説〉日野啓三
202036-8

い-3-6
すばらしい新世界
池澤夏樹
ヒマラヤの奥地へ技術協力に赴いた主人公は、人々の暮らしに触れ、現地に深く惹かれてゆく。人と環境の関わりを描き、新しい世界への光を予感させる長篇。
204270-4

い-3-8
光の指で触れよ
池澤夏樹
土の匂いに導かれて、離ればなれの家族が行きつく場所は——。あの幸福な一家に何が起きたのか。『すばらしい新世界』から数年後の物語。〈解説〉角田光代
205426-4

い-3-11
のりものづくし
池澤夏樹
これまでずいぶんいろいろな乗り物に乗ってきた。地下鉄、バス、カヤックに気球から馬まで。バラエティ豊かな乗り物であっちこっち、愉快痛快うろうろ人生。
206518-5

さ-61-1
わたしの献立日記
沢村貞子
女優業がどんなに忙しいときも台所に立ちつづけた著者が、日々の食卓の参考にとつけはじめた献立日記。工夫と知恵、こだわりにあふれた料理用虎の巻。〈解説〉平松洋子
205690-9

い-139-1
朝のあかり 石垣りんエッセイ集
石垣りん
働きながら続けた詩作、五十歳で手に入れたひとり暮らし。「表札」などで知られる詩人の凜とした生き方が浮かぶ文庫オリジナルエッセイ集。〈解説〉梯久美子
207318-0

た-28-17
夜の一ぱい
田辺聖子
浦西和彦編
友と、夫と、重ねた杯の数々……。四十余年の長きに亘る酒とのつき合いを綴った、五十五本のエッセイを収録、酩酊必至のオリジナル文庫。〈解説〉浦西和彦
205890-3